文學研究叢書・古典詩學叢刊

浮雲世事改，孤月此心明
—— 蘇軾詩詞論文集

王隆升 著

自序

渺小，往往映照出傲岸與偉大。

風雲際會、生命可以擁抱的東西太多；千古江山、歷史舞臺上的人物無可勝數。能跨越時代、既有文學內涵、又有學術意蘊的，蘇軾，無疑是重要的代表。

縱使有滄桑與流離的情節，那充滿沉思與勇於突圍的樂章，終究讓人文精神，悄然延伸。

多年以前，我曾經嘗試集結東坡詩詞，寫成〈月夜憶故人〉一詩，藉由華梵中文系夥伴吟歌傳唱：

竹籬茅舍出青黃，風吹鈿細綠筠香。
清陰微過酒尊涼，且餐山色飲湖光。
小舟橫截春江，苔茵展雲幕高張，千鍾美酒，一曲滿庭芳。
雙歌罷、遠山長，餘韻尚悠揚，柳外殘陽橋下水聲長。
落日未落江蒼茫，孤山久與船低昂。
歸意已逐征鴻翔，故人久立煙蒼茫。
朱檜絲衫冷愈霜，山城歌舞助悽涼。
疏影微香、雨洗涓涓嫩葉光，幽人晝夢長。
夢回疏影在東窗，窗前山雨夜浪浪。

香霧空濛夜轉廊，燕舞鶯啼空斷腸。
夜來風葉已鳴廊，廊下一枝和月香，步轉回廊、悵焉感初涼。
小軒岑寂夜，明月如霜。更闌人靜月侵廊，水東流、人生幾度秋涼？
山蒼蒼、水茫茫，夜來幽夢忽還鄉。
月和疏影上東牆，明月夜短松崗。
一時分散水雲鄉，唯有落花斷人腸。
夜闌孤客自悲涼，中秋誰與共孤光？
寒夜縱長，明月空江，只與離人照斷腸。
五更得漏靴滿霜，蒼梧獨在天一方。
兩茫茫、徒自傷，淚千行、未始忘。

多年以後，即使華梵中文於卅年戛然而止，吟歌之聲不復存在，款曲意韻依舊繚繞我心。

蘇軾在我的世界中，既是放懷清歌的心境表述，更是學術開展的凝望探索。

蘇軾生命中，有儒家「學而優則仕」的淑世精神，亦有老莊安然自適的無為之道，更有方便善巧、當下即悟的禪之心。換句話說，蘇軾以一個知識分子懷抱理想進入官場，面對多變詭譎的世局，在失意與得意的政局中起落，超脫出一種反覆糾葛卻亦反躬自省的處世之道。

將這六篇論文集結，一方面是對於探討蘇軾詩歌的學術紀錄，另一方面亦是期許自己擁有蘇軾的襟懷，對於美善的

堅持。

　　平淡比炫麗更為可貴，蘇軾帶給我的意義，既震撼卻又寧靜。那是一卷書生與官場的拚搏，是一幕憔悴與曠達的鋪陳；是一段挫折與安頓的行步，是一場思索與無畏的重生。這便是生命型態的實踐，豐美而富足的淬鍊。

王隆升
一一四年五月十二日序於小書齋

目次

自序……………………………………………王隆升　1

衝突與和解
——試論王安石與蘇東坡之情誼……………1

一　前言……………………………………………2
二　從王安石談起…………………………………4
三　王安石與蘇東坡………………………………11
四　只緣身在此山中——圓融看待世界…………18
五　從公已覺十年遲——衝突的和解……………20
六　何人送我池南——對王安石的懷傷…………29
七　結論……………………………………………33

苦難與超越
——由〈定風波〉一詞談蘇東坡的生命抉擇
　　與意境……………………………………37

一　前言——黃州，一個新的人生階段…………39
二　抉擇——一蓑煙雨任平生……………………42
三　超越——也無風雨也無晴……………………49

四　哲理與反思……………………………………… 52

　　五　人生觀的學習與領悟…………………………… 55

　　六　結論——生命的堅持…………………………… 61

傾訴與聆聽
　　——試論東坡與參寥的情誼………………………… 65

天容海色本澄清
　　——東坡〈六月二十日夜渡海〉詩的人生境界‥ 79

似無情而實有思
　　——論東坡詠物詞〈水龍吟——似花還似非花〉
　　之情境………………………………………………… 95

　　附錄一：東坡化用前人之詩詞…………………… 106

　　附錄二：集評……………………………………… 108

　　參考書目…………………………………………… 110

蘇軾〈八聲甘州・寄參寥子〉的人生感喟………… 111

　　一　前言…………………………………………… 113

　　二　〈八聲甘州・寄參寥子〉寫作年代界定…… 116

　　三　〈八聲甘州・寄參寥子〉既曠亦悲的文本… 123

　　四　結語…………………………………………… 138

衝突與和解
──試論王安石與蘇東坡之情誼

摘要

　　本文以宋朝熙寧、元豐至元祐初年為時代背景，並以東坡和王安石詩為主要線索，輔以史料之記，探討兩人「相敬互重→鍾山相見」的友誼發展，並揭櫫新法為兩人衝突與對立之主要因素。文分七部分：一、前言：概述讀史引致的寫作動機；二、從王安石談起：檢視眾人評論荊公之言；三、王安石與蘇東坡：討論兩人存有的交惡或友善關係；四、圓融看待世界：掌握〈題西林壁〉作為東坡領悟片面非全部的關鍵，亦是化解兩人衝突的重要因素；五、衝突的和解：從〈次荊公韻四絕〉論綰合雙方的真誠友誼及相逢恨晚之慨；六、對王安石的懷傷：〈西太一見王荊公舊詩，偶次其韻〉言東坡睹詩懷人的心緒；七、結論：提出論文的心得與總結。

關鍵詞：王安石、蘇東坡、衝究與和解

一　前言

　　打開宋人的歷史，積弱國勢、奸佞當道、外患紛擾、變法之爭，殘酷的政治鬥爭與苦難的生活底層，教手執史書的後人觸目驚心，為之長歎。而把焦點縮小，談論蘇軾，還是很難從新法舊法、貶謫復職的政治風雨中掙脫。似乎對立、意見衝突、敵非我是劍拔弩張氣氛，在九百年後依然承續。

　　持平之論，是一件偉大的工程。許多為東坡與王安石立傳者（不論是否均為史實或接近史實）如林語堂的《蘇東坡傳》、洪亮的《蘇東坡新傳》、門冀華的《文壇巨擘蘇東坡》……；梁啟超的《王荊公》、姜穆的《王安石大傳》、王明的《王安石》……，即使是以公正立場論述，也不免透顯些許為之立傳者更勝一籌的人格或風範[1]；或者說，當王安

---

[1] 為王安石、蘇東坡作傳，或述其行誼者，存有的使命感或多或少會影響客觀的判斷。以林語堂《蘇東坡傳》為例：「蘇東坡具有卓越才子的大魅力……他的才華和學問比別人高出許多，根本用不著忌妒；他太偉大……他活在糾紛迭起的時代，難免變成政治風暴中的海燕，昏庸自私官僚的敵人，反壓迫人民眼中的鬥士。一任一任的皇帝私下都崇拜他，……」（臺北市：遠景出版社，1977年5月，原序，頁415）把東坡人格提昇至神格化的境界；而王安石則是「熱衷社會改革，自然覺得任何手段都沒有錯，甚至不惜清除異己。……實行的手段必然日漸卑鄙。……」（頁7）這對於兩人之評價，是否有天壤之別？相反的看法，如孫光浩的《王安石洗冤錄》、《王安石冤屈新論》明確以書題揭示作者觀點，並言：「荊公創始新法，……一展鴻志也。竭盡所能，力革前朝積廢之風，振興國勢，……奈何滿朝百官苟安成習，……更嫉荊公創制

石與蘇東坡碰觸在一起，激起的常是火花，「分」的導因和結果常是作者關心的目標，而對於兩人的「合」卻很可惜的只是一筆帶過。

歷史留下兩人「和平共處」的資料太少，固然是主要因素，但另一個原因是：「各護其主（蘇或王）」的心理作祟，就算沒有嚴重到誓不兩立，也似乎沒有必要為昔日的政敵關係清楚解套。孫光浩的《王安石洗冤錄》、《王安石冤屈新論》更是崇王抑蘇，把《宋史》對王安石的論述大加檢視，並以梁啟超之言為佐，認為王安石「受史實污衊」[2]，並批判東坡人格有差：

> 荊公學貫古今，氣度恢宏，禮賢下士，……對蘇軾昆仲二人優渥倍至，……蘇氏兄弟不但未予回饋，竟然反噬，……可言不敬至極。……荊公創制新法，力圖強盛宋朝，以禦北疆。不愛爵位、貨財、女色，潔身自好，修身律己。而蘇軾對酒色財氣，無一不好。甚至酗酒狎妓，曠廢職守，無所不為，……

新法，……」（臺北市：文史哲出版社，2000年4月，頁57）稱揚王安石之大功，就當朝之批判，為王安石抱屈，並以嚴厲口吻指責「阻礙」新法者；「蘇軾至黃州後，……其行事風格依然故我，東坡二字，是否向御史臺示威？抑或向神宗譏諷之？更或對荊公以及新法嘲笑耳？皆有可能也。」（頁62）認為東坡行事「自以為是」，自稱「東坡」是一種「示威」行為。諸如此類看法均有偏差。

2 孫光浩：〈荊公修為〉，《王安石洗冤錄》（臺北市：臺灣學生書局，1996年11月），頁116-118。

情緒性的批評並無助於事情的解決,卻可能引起另一種對立。王蘇之間的關係難道必然要受到政治立場的左右嗎?又或者非得要分出品格的高低,不能兩者皆稱賢嗎?基於這樣的想法,本文將以王安石與蘇東坡「相敬互重(立場不同、『道不同不相為謀』)鍾山相見」的過程與結果為討論重心,檢視兩人交流之記載,呈現兩人情誼。

二　從王安石談起

雖然有對《宋史》的「失真」提出質疑(如清代趙翼《二十二史劄記》、顏元《宋史評傳》、蔡上翔《王荊公年譜考略》及梁啟超的《王荊公》評傳,然本文無意涉及這是否偏頗或歪曲史實的爭論)的意見,但從中尋找行誼,《宋史》仍不失為研究王安石的重要史料。

《宋史‧神宗本記》曾載:「王安石入相。安石為人,悻悻自信,……青苗、保甲、均輸、市易、水利之法既立,而天下洶洶騷動,慟哭流涕者接踵而至。」[3]在王安石看來,新法具有振衰起敝的作用,認定改革責無旁貸;而史家記載,卻揭露「王安石與新法」、「新法與民怨」的因果一續。談王安石,便無可避免地談到新法。

中國歷史上大規模的變法,有商鞅變法、桑弘羊鹽鐵

---

[3] 脫脫:〈神宗本紀〉,《宋史》(臺北市:鼎文書局,1994年6月),冊二,卷十六,頁314。

論、王安石變法及戊戌變法。這其中，又以王安石的變法歷時八年時光為最久。但，這些變法很巧合地都是未竟全功，半途夭折，由此或可看出，要實施新法、改變舊有制度，誠非易事。王安石在宋神宗熙寧二年（1069）實行變法之前的仁宗嘉祐五年（1060），即已嶄露頭角；神宗熙寧七年（1074）六月離開相位，出佑江寧府；次年二月，被召還京師，出任宰相。熙寧九年（1076）十月，自請去職，再次離開相位。並於元豐二年（1079）退隱「澗水無聲繞竹流，竹西花草弄春柔。茅簷相對坐終日，一鳥不鳴山更幽。」[4]的鍾山，「洎復相，歲餘罷，終神宗世不復召，凡八年。」[5]

在哲宗元祐元年（1086）四月去世。這其中，「新法」的良弊，幾乎牽繫了他毀譽參半的大半人生。勵精圖治、大刀闊斧，雖然依舊無法改變宋朝積弱不振的局面，然而這一頁變法時代，不可否認地，為未來帶來巨大衝擊。如果他不變法，文學的地位也許會更高，也許不會有迎合和排擠的大起大落，也許蘇軾就沒有扣人心弦的人生風景（東坡的在朝離朝、升遷謫居，有太多原因起於新法和皇帝繼承、用人……之間的糾結）。太多的「也許」，可以憑空想像，卻改變不了既成的歷史事實。隨人亡而政息，王安石去世，所有曾掛上改革之名的法令也迅速地陪葬，新法的短壽，想是王安石始料未及的。

4　王安石：《王臨川全集》（臺北市：世界書局，1988年10月），卷三十，頁166。

5　脫脫：《宋史》，冊十三，卷三百二十七，頁10551。

平心而論,積弊已深的局勢,能有登高一呼的領導者赴湯蹈火地力圖革新,形勢該是一片大好,同時,政治評價也理應不差,但《宋史》一方面說王安石「議論高奇,能以辯博濟其說,果於自用,慨然有矯世變俗之志。」[6]另一方面,也有如下記載:

> 又令民封狀增價以買坊場,又增茶鹽之額,……由是賦斂愈重,而天下騷然矣。(卷三二七,頁10545)
> 呂誨論安石過失十事,司馬光答詔,有「士夫沸騰,黎民騷動」之語,安石怒,抗章自辯,……且曰「今姦人欲敗先王之正道,以沮陛下之所為。」(卷三二七,頁10545)
> 安石與光素厚,光援朋友責善之義,三貽書反覆勸之,安石不樂。(卷三二七,頁10546)
> 安石性強忮,遇事無可否,自信所見,執意不回,……罷黜中外老成人幾盡,多用門下儇慧少年。(卷三二七,頁10550)

《宋史》敘述中呈現王安石的個性,也對新法造成的民怨點出問題的根本。一幕血淋淋的畫面,甚至還導因於王安石的新措施──開封居民為逃避保甲法而「截指斷腕」,更

6　脫脫:《宋史》,冊十三,卷三百二十七,頁10541。

以東明民眾投訴助役錢之弊,而說其「彊辨背理」[7]。除此之外,又批他的剛愎自用與排除異己,並且對皇上的憂慮以為是杞人憂天:

> 於是呂公著、韓維,安石藉以立聲譽者也;歐陽修、文彥博,薦己者也;富弼、韓琦,用為侍從者也;司馬光、范鎮,交友之善者也,悉排斥不遺力。(卷三二七,頁10547)
> 禮官議正太廟太祖東嚮之位,安石獨定議還僖祖於祧廟,議者合爭之,弗得。(卷三二七,頁10547)
> 七年春,天下久旱,饑民流離,帝憂形於色,……安石曰:「水旱常數,堯、湯所不免,此不足招聖慮,但當修人事以應之。」(卷三二七,頁10547)

由於呂惠卿向神宗皇帝訟說王安石「盡棄所學,……罔上要君。此數惡力行於年歲之間,……」使得「上頗厭安石所為,……安石之再相也,屢謝病求去,……上益厭之,……」因而被罷為鎮南軍節度使、同平章事、判江寧

---

7 脫脫:《宋史》,冊十三,卷三百二十七,頁10546。又如「蘇東坡的心胸大寬,王安石的心地則過窄。……王安石……算得上是一位棺木雖然早已蓋了,然而論卻未定,頗具爭議性的人物;無論是官守或者是私行,莫不有可議之處。……」、「既急圖近功又好名重利……從不採納異議不說,對他人亦不假辭色……早已知其子患失心症且無藥可治。長此以往非但有辱家門,同時也有損自己官譽,……」的批判也太過情緒化。

府。[8]

　　對王安石的「負面評價」（此處所指，並無涉及筆者個人主觀情感，純粹以史書所載判斷。）尚且散見於〈司馬光本傳〉、〈范鎮本傳〉之中。[9]如果只取《宋史》言論，固然有一家之言，並未公正看待王安石的合理質疑。檢視他家言論，楊慎對王安石多所批評，曾引劉文靖及宋子虛詠王安石之詩，說「兩詩皆言宋祚之亡，由於安石，而含蓄不露，可謂詩史矣。」[10]劉宋兩人以詩「含蓄」表達看法，而楊慎則以強烈口「指責」——王安石是宋朝之所以亡國的「罪魁禍首」。而〈蘇堤始末〉條更是明白指出蘇王治濬湖水之政績優劣，說明王蘇用人及事功之差異：

---

[8] 脫脫：《宋史》，冊十三，卷三百二十七，頁10549。而王安石為神宗所厭，或許並非事實。楊希閔《熙豐知遇錄》嘗引一段神宗與安石的對話，透顯神宗「小人漸定，卿等且可以有為」、「自卿去後，小人極紛紜……」對王安石的依賴與信任。有關王安石之論述，尚可參考《歷史月刊》中多篇文章，如王琳祥：〈蘇軾與王安石〉，《歷史月刊》（臺北市：歷史月刊雜誌社，1998年11月），頁120-125。俞允堯：〈王安石與定林山莊〉，《歷史月刊》（臺北市：歷史月刊雜誌社，1994年9月），頁10-13。江澄格：〈從更廣的角度看王安石〉，《歷史月刊》（臺北市：歷史月刊雜誌社，1999年3月），頁130-135。

[9] 〈呂公著本傳〉說呂公著言對青苗之看法，「安石怒其深切，……安石亦怒，詆以惡語，……」（卷三三六，頁10773-10774）、〈范鎮本傳〉指「安石用喜怒為賞罰。……疏入，安石大怒，持其疏至手顫，自草制極詆之。」（卷三三七，頁10788）

[10] 楊慎：〈詠王安石〉，《升庵詩話》。收錄於丁仲祜：《續歷代詩話》（臺北縣：藝文印書館，1983年6月），冊下，卷十一，頁1016。

> 東坡先生……杭湖之功尤偉。……安石……聽小人……之言,用鐵龍爪濬川杷,天下皆笑其兒戲,……糜費百十萬之錢穀,漂沒數十萬之丁夫,迄無成功,而猶不肯止。……視東坡杭湖潁湖之役,不數月之間,無糜百金而成百世之功。[11]

又如王士禎也有「王介甫狠戾之性,見於其詩文。」[12]之評;而袁枚〈書王荊公文集後〉亦言王安石「是乃商賈角富之見,心術先乖,其作用安得不悖?」[13]王夫之《宋論》也說「允為小人,無可辭也。」[14]

這樣的批判似乎太過放大王安石所能掌控的局勢,況且以結果論英雄也有失公允。雖然一致看法,均趨向於變法和削弱國勢之間有極大關聯,但沒有人知道:若變法成功,宋朝或許躍為強盛之朝抑或者奸人當道更甚?(郭沫若認為「宋之亡,亡於司馬光等人。」和楊慎的看法大相逕庭)

雖然眾家對王安石多有貶抑,但沒有人能否認王安石在

---

11 同註10一書,頁1085-1086。
12 王士禎《香祖筆記》中,對王安石有強烈批判,甚且說他「無一天性語」。周錫認為主因在於王安石批評小人之詩(如〈遊城南即事〉)表現過強烈的怒氣,在標舉「神韻說」的王士禎看來,是「有乖於『怨而不怒』的儒家詩教」。周錫之語見:〈前言〉,《王安石詩選》(臺北市:遠流出版事業公司,1988年7月),頁8。
13 袁枚:〈書王荊公文集後〉,《小倉山房文集》,收錄於王英志編:《袁枚全集》(上海市:江蘇古籍出版社,1993年9月),冊二,卷二十三,頁388。
14 王夫之:〈王安石以桑弘羊劉晏自任〉,《宋論》,收錄於《船山全書》(長沙市:嶽麓書社,1996年10月),冊十一,卷六,頁155。

文學、經學、及政治上，擁有一席之地，然而他受爭議性的行為與人格，[15]卻造成兩派意見，展開不同時空的對峙。蔡上翔《王荊公年譜考略》一書中蒐集多家評論，為他「澄清」不少攻訐[16]，吳澄也說「公負蓋世之名，遇命世之主，……臣以至公至正之心，欲堯舜其君。」而梁啟超《王荊公》且言「其良法美意，往往傳諸今日，莫之能廢；其見廢者，又大率皆有合於政治之原理，……」[17]

其實，《宋史》的「官方說法」並非全然以「負面」描寫王安石的為人，「安石未貴時，名震京師，性不嗜華腴，自奉至儉，……世多稱其賢。」[18]正可看出他勤儉尚樸的一面；而《續建康志》亦說他即使是晚年，以退朝宰相的身分在鍾山築居，也未嘗大興土木，把官場威赫不可一世之習氣延伸至家居生活：「築地於白門外七里，……所居之地，四無人家，其宅但庇風雨，又不設垣牆，……」[19]

---

[15] 王安石爭議性的存在，不僅在於人格上的特質、在於新法的內容恰不恰當與執行上是否偏差，也存在於新學——學術上三經新義的論辯、理學問題核心中的道。如：二程與朱熹認為王安石不知格物致知、克己復禮，但清人陸心說王安石是合經濟、文學、經術為一的經世大才。可見迥異或分歧的看法，在評論王安石時，各言其是。

[16] 蔡上翔：《王荊公年譜考略》（臺北市：洪氏圖書公司，1973年）此書在立場上多肯定王安石之功，並極力為之辯護。如收錄明人陳汝錡《甘露園長書》中，東坡、朱熹等人對王安石批評的反駁等資料。

[17] 梁啟超：《王荊公》（臺北市：中華書局，1978年）。

[18] 脫脫：《宋史》，冊十三，卷三百二十七，頁10550。

[19] 見李壁：〈半山寺壁二首〉詩下引李雁湖引《續建康志》，《王荊公詩注》（臺北市：臺灣商務印書館，景文淵閣四庫全書本），卷四，頁221，之語。

陸九淵〈荊國王文公祠堂記〉的評論或許可說是對王安石的尊重與肯定、歎息與摘失的中庸之言。[20]記中寫出王安石之「志」及「弊」，雖陳「新法之議，舉朝讙譁」，卻也肯定王安石「自信所學，確乎不疑」的執著。而其過失在錯用小人沒有認清奸佞者狡詐心態，而值得推崇者，則是改革弊端的勇氣與魄力。這確是剴切之言。

三　王安石與蘇東坡

相對於王安石在《宋史》中引諸不少爭議評價，東坡則是「博通經史，屬文日數千言，……器識之閎偉，議論之卓犖，文章之雄雋，政事之精明，四者皆能以特立之志為之主，而以邁往之氣輔之。……至於禍患之來，節義足以固其有守，皆志與氣所為也。」[21]一個極受推崇之人。

王蘇之所以初始交流，同朝為官固然是主要原因，而在文學範疇中早負盛名、粹然為大家的共同點，猶是不可忽視的因素。算起來，在以歐陽修居文壇領袖的宋代文學活動與政治圈來說，同為文士的王蘇互動，應是極其自然之事。無法判斷東坡是否曾受到父親〈辨姦論〉的影響，而對王安石有先入為主的反面印象，但就歐陽修的一番好意來看，顯然蘇洵反而「不近人情」的拒絕了。（該說蘇洵有「慧眼獨

---

20 陸九淵：〈荊國王文公祠堂記〉，《陸九淵集》（臺北市：里仁書局，1981年1月），卷十九，頁233。
21 〈蘇軾傳〉，《宋史》，冊十三，卷三百三十八，頁10818-10819。

具」的工夫,能「未卜先知」?還是說王安石與東坡交惡的肇因,都是蘇洵惹的禍?)

在《王臨川全集·應才識兼茂明于體用科守河南府福昌縣主簿蘇軾大理評事制》中,王安石對東坡初生之犢不畏虎的年少風發是有所稱讚的:「爾方尚少,已能博考群書,而深言當世之務,才能之異,志力之強,亦足以觀矣。」[22]沒有「新法」介入兩人之間,純粹以文品及人品論述,是無關愛恨情仇的,但這塑造出相互推崇的框架結構,卻在政治現實中瓦解。當對新法的相異看法逐漸發酵,衝突引爆,一發不可收拾!相敬如賓的禮教在權力的機器運轉中失了分寸,批評與意見也接踵而來。提出評論並非是一種背叛,但就算是好友,就算是肺腑之言的建議,聽來都會格外刺耳。一般人無法忍受「扯後腿」,王安石也是芸芸眾生中的一員,又如何強求他虛心接受?更何況他有新法並無不當的自負!於是王蘇之間的關係似乎也陷入劍拔弩張的局面中。

王蘇的交流,《蘇文忠公詩編註集成》與《宋史》記載如下:

---

[22] 〈應才識兼茂明于體用科守河南府福昌縣主簿蘇軾大理評事制〉,《臨川文集》,卷五一,頁313。

	《蘇文忠公詩編註集成》	《宋史》	其他
嘉祐五年	八月，……時王安石名始盛。歐陽修勸宮師與之遊宮師曰：「是不近人情者，鮮不為天下患。」作辨姦論。（冊一，卷二，頁515）	《王安石傳》蘇洵曰：「是不近人情者，鮮不為大姦慝」。作辨姦論以刺之。（冊一，一冊一三，卷三二七，頁10550）	
熙寧二年	二月……王安石已專政……盡變宋成法以亂天下。……安石素惡公議論異己，仍以殿中丞直史館抑置官告院（冊一，卷五、六，頁590-604）	《蘇軾傳》還朝。王安石執政，素惡其議論異己，以判官告院。（冊一三，卷三三八，頁10802）	
熙寧三年	二月，子由力詆新法，安石怒，將加以罪。」（冊一，卷六，頁608）	《蘇轍傳》「以書詆安石，力陳其（青苗法）不可。安石怒，將加以罪，……。」（冊一三，卷三三九，頁10823）	
熙寧四年	正月，王安石欲變亂科舉，……公以為變改無益徒為紛亂，以患苦天下上議學校貢舉狀。」（冊一，卷六，頁614-615）	《蘇軾傳》：「安石欲變科舉、與學校，……軾上議曰：『……無乃徒為紛亂，以患苦天下邪？』……」（冊一三卷三三八，頁10802-10803）	

	《蘇文忠公詩編註集成》	《宋史》	其它
熙寧四年	曰:「求治太急、聽言太廣、進人太銳,……」既退言於同列,安石不悅。命權開封府推官,將困之以事(冊一,卷六,頁616-617)	《蘇軾傳》曰:「『但患求治太急、聽言太廣,進人太銳,……』軾退,言於同列,安石不悅。……命權開封府推官,將困之以事。」(冊一三,卷三三八,頁10803-10804)	《欒城後集‧亡兄子瞻端明墓誌銘》:「『臣竊意陛下求治太急、聽言太廣、進言太銳,……』介甫之黨皆不悅,命攝開封推官,意以多事果之。」(卷二二)
熙寧四年	二月三日上神宗書。(冊一,卷六,頁618-624)	《蘇軾傳》:「時安石創行新法,軾上書論其不便。」(冊一三,卷三三八,頁10804)	

	《蘇文忠公詩編註集成》	《宋史》	其它
熙寧四年	以齊桓公專任管仲而霸；燕噲專任子之而拜，事同而功異為問。「安石滋怒」（冊一，卷六，頁626）	《蘇軾傳》：「軾見安石贊神宗以獨斷專任以『……齊桓專任管仲而霸；燕噲專任子之而敗，事同而功異。』為問。安石滋怒，使御史謝景溫論奏其過，窮治無所得。軾遂請外，通判杭州。」（冊一三，卷三三八，頁10808）	
熙寧四年	會詔舉諫官翰林學士兼侍讀，范鎮應詔舉公，安石懼疾，使謝景溫力排之，誣奏公過。……光曰：「安石素惡軾……以姻家謝景溫為鷹犬，使攻之。」（冊一，卷六，頁626-627）	《范鎮傳》：「（范鎮）舉蘇軾諫官，御史謝景溫奏罷之；……其後指安石用喜怒為賞罰，……安石大怒，持其疏至手顫，……安石雖詆之深切，人更以為榮。……蘇軾往賀曰：『公雖退，而名益重矣！』」（冊一三，卷三七七，頁10788-10789）	
元豐七年	七月……，抵金陵，往見王安石於蔣山。安石以修《三國志》為託。（冊二，卷二十三，頁911）	《蘇軾傳》：「道過金陵，見王安石，……言西夏用兵、東南數起大獄事。」（冊一三，卷三三八，頁10809）	邵博《聞見後錄》：「東坡自黃岡移汝墳，

	《蘇文忠公詩編註集成》	《宋史》	其它
			舟過金陵，見王安石於鍾山。」
元豐七年	「八月……，數見王安石於蔣山。論西夏用兵，東南大獄事。和安石池上看金沙花過酴醾架盛開詩。……九月五日作王安石書。」（冊二，卷二十四，頁913-917）	《蘇軾傳》：「道過金陵，見王安石，……言西夏用兵、東南數起大獄事。」（冊一三，卷三三八，頁10809）	
元豐年間		《王安石傳》：「冕居金陵，又作字說，多穿鑿傅會。」（冊一三，卷三二七，頁10550）	《王安石遺事·蘇軾調謔篇》有「竹鞭馬為篤」、「坡者土之皮。」之載。

　　王蘇兩人，最大的衝突，發生在熙寧二年。「時王安石方用事，……知先生素不同己，……以論貢舉法不當輕改召對，又為安石所不樂，未幾，上欲用先生修中書條例，安石沮知。秋，……以發策為安石所怒。冬，上欲用先生修起居

注，安石又言不可，……」[23]為維護自己的權力與地位，當擁有建議、主導甚至決定權時，常理而言，的確不太有人會把和自己政治立場相異的高士謀臣找來共事的。而東坡既然常和王安石唱反調，遠離當時現場的我輩，又怎能苛責王安石「阻撓」東坡的仕宦升官之途？只是，在這一段文字中，王安石似乎失了分寸，不滿的情緒根本模糊了事件的本身──為國舉才，是無關黨派與立場的啊！王安石新法實則真為國家著想，然而，在能讓賢德為朝奉獻的關頭，卻讓私人恩怨掌控一切。

熙寧年間的交惡，在元豐時期得到緩和。當衝突造成傷害，冷卻不失是好辦法。東坡的自請外調，看來是一種明確的抉擇。同時，最大的收益是遠離是非圈，終日紛擾也隨之淡化，不必費心理會與爭辯別人的中傷；而避免和王安石針鋒相對，沉澱情緒之際，也有新的了悟。

黨爭的迫害，對東坡來說正是一種考驗。誠如葉嘉瑩先生云：「一個人，要訓練自己在心情上留有一個空閒的餘裕。你不但不被外界的環境打倒，而且你還能夠觀察，能夠欣賞，能夠體會。」[24]把一場災難想成訓練的過渡，有助於對人生的參透。這對王蘇的和解，是否也起了間接作用？

陷入黨爭的蘇東坡、隱退鍾山的王安石，都在政治風暴的歷練中飽嘗艱辛。烏臺詩案中被誣陷的東坡，在曹太后、

---

23 王水照：《蘇軾選集》（臺北市：萬卷樓圖書公司，1993年3月），頁439-440。

24 葉嘉瑩：《蘇軾》（臺北市：大安出版社，1991年2月），頁127-128。

蘇轍、范鎮、張方平等人的說項下，固然讓危機有了轉變，但也許王安石「豈有聖世而殺才士者乎」[25]的一言之定，更具有關鍵作用。化解了冤獄，是否也化解了封鎖的（或者說「創造了」）友誼？

畢竟，政治並非人生的全部，挺身相救的王安石如果還記恨於東坡對新法的「阻撓」與「批駁」，大可明哲保身，和詩案保持距離，但仗義直言，不但拯救東坡，也開啟另一段惺惺相惜的交遊。

四　只緣身在此山中——圓融看待世界

謫居五年的東坡奉旨，將至汝州任團練副使。廬山一遊〈題西林壁〉[26]之作，是遊山觀感的總結。在讚美山色的奇美之外，更從大自然中尋得更深的感觸與體悟；人們常懷有自我的主觀意識，以至於忽略了事物的真實面，如果能從自我的認識界跳脫，才能了悟事件的原貌。即是在美感享受外，更有心靈的領悟：

横看成嶺側成峰，遠近高低各不同。
不識廬山真面目，只緣身在此山中。

---

25 周紫之：《詩讞》跋記載，「王文公曰：『豈有聖世而殺才士者乎？』當時讞議以公一言而決。」收錄於《古今詩話叢編》（臺北市：廣文書局，1971年9月），冊三，頁34。

26 蘇軾：〈題西林壁〉，《蘇東坡全集》（臺北市：世界書局，1998年6月），上冊，卷十三，頁157。

東坡從此行觀察造訪中，引領出認識事物的道理：從不同的角度看待山色，只能看到山的不同局部，因為置身山中，便無法看透整體。所以，身在局中之人，是無法看清事物的真相和全貌的。局部形象並不等同總貌，也就是說，人的認識會因為認識條件的限制，而具有局限性。

　　身處在山中，反而無法看出山的全貌；片面，即無法看清真實。同樣的道理也揭櫫在〈石鐘山記〉中：「事不目見耳聞，而臆斷其有無可乎？」[27]

　　蘇軾在仕宦之途中，已對新法的精神實質有更清晰的了解，也看到新法雖有弊病，卻又有可取之處。[28]

　　事實上，王安石是聰明人，不會愚笨地製造所有引起民怨的「改革」。但問題在於，制度或法令雖好，卻有很大的問題產生在執行的技巧或方向。東坡曾在〈上神宗皇帝書〉中以「惟商鞅變法，不顧人言，雖能驟致富強，亦以召怨天下。」[29]之言，陳述新法將有亂國之憂。但經過政爭與黨禍、詩案等政治生涯中的衝擊，可見東坡已調整看待事情的態度與面向。[30]亦即，在參透人生和社會的深層意義之後，對於

27　蘇軾：〈題西林壁〉，《蘇東坡全集》，頁361。
28　可參考王水照：〈調赴汝州〉，《蘇軾》（臺北市：萬卷樓圖書公司，1993年1月），頁99。
29　《古今詩話叢編》，下冊，卷十一，頁333。
30　東坡曾於〈與章子厚書〉中云：「深感自悔，……追思所犯，真無義理，與病狂之人、蹈河入海者無異。」（《古今詩話叢編》，下冊，卷十一，頁357）。而〈與藤達道二十三首〉也言：「某到此時見荊公喜，時誦詩說佛也。……蓋謂吾儕新法之初，輒守偏見，至有異同之論。雖此心耿耿，歸於憂國，而所言差謬，少有中理者。今聖德日新，眾化大成，回視向

主客觀世界有更徹悟的自在境地，亦即劉揚忠所言：「從而以曠世和達觀的態度獨立於世，成功地構築起心理調適和精神防禦的思想堡壘……」[31]

於是，這趟廬山之行，更對王蘇交誼的復合具有催生作用，如同陳師新雄說「五年的黃州之貶，磨去了鋒芒，對事理觀察更為圓融，過去對新政的爭論，不也是各人站的立場不同，而有不同的觀點與意見嗎？誰又真能掌握國家富強的全般政局呢？有了這層體悟，才孕育了是年八月在金陵謁見王安石，宋代兩大詩人拋開政治異見，談詩論文的和洽場面。」[32]

有了更客觀的認識，也才有東坡與安石間衝突的和解。

五　從公已覺十年遲——衝突的和解

元豐七年（1084），蘇東坡赴汝州，途中經過金陵。拜訪當時已經罷相的王安石。王安石親自至江邊迎接他。兩人相談十分投機，而東坡尚且毫不諱言地責備安石不該連年在

之所執，益覺疏矣。」（言荊公事，見〈與滕達道二十三首〉之總論，《蘇東坡傳》，卷四，頁108；言對新法看法之改觀，見其十八，頁111）。此雖為應酬文字，是否為東坡自悔之詞，雖有存疑，然東坡不只一次言己所執之偏，卻也可見東坡抱持的是容受新法或荊公之誠摯態度。

31 劉揚忠：〈清通曠達的東坡居士〉，《崇文盛世——宋代卷》（臺北市：書林出版有限公司），頁364。

32 陳新雄：〈從蘇詩的名篇看蘇軾的一生〉，《慶祝莆田黃天成先生七秩誕辰論文集》，頁343。

西方用兵,並在東南因大刑獄而激起民怨,違背了祖宗仁厚的作風。此時的王安石已經歷盡滄桑,遠離政治風暴圈,胸襟也開闊許多,面對東坡的指正,並未有不悅。同時,還盡論古今文字,閒適談論禪語。一個可稱之為昔日政敵的人,卻讓王安石有:「不知更幾百年,方有如此人物!」[33]之讚嘆!

《西清詩話》又載,「元豐中,王文公在金陵,東坡自黃北遷,日與公游,盡論古昔文字,⋯⋯東坡渡江至儀真,〈和游蔣山詩〉寄金陵守王勝之益柔,公亟取讀,至『峯多巧障日,江遠欲浮天。』乃撫几曰:『老夫平生作詩無此二句。』」[34]又在蔣山時,「以近制示東坡,東坡云:『若「積李兮縞夜,崇桃兮炫晝。」自屈宋沒後,曠千餘年無復《離騷》句法。乃今見之。』荊公曰:『非子瞻見諛,自負亦如此,然未嘗為俗子道也。』」[35]既然將最自負的作品讓東坡過目,表示希望得到東坡的品評。以東坡個性而言,是直率無隱的,並不會因此而在文學評鑑中作違心之論,否則,他也不會在與友相見時,猶然不忘和王安石論西夏用兵及東南大事。相信王安石應該知道這一點。也因此,不見得必然自認為出色作品在東坡眼中必是佳作,(當然,如果東坡對王安石的詩作當場大加批判,而王安石不悅,或許不會被記錄

---

33 《黃天成先生七秩誕辰論文集》,頁343。胡仔:《苕溪漁隱叢話前集》(臺北市:世界書局),卷五引蔡絛:《西清詩話》,頁233。
34 同註33一書。
35 同註33一書,引《潘子真詩話》。另《何氏語林》卷九亦記載此事。

下來？或者又被大肆批評？）而王安石之所以把自負的作品給東坡品鑑，可說是認定好友行為，表現善意，並且也揭櫫蘇子與一般「俗人」不同——頗具自負的佳作，總要有知音來賞，而東坡正是擁有這高度鑑賞能力的人。

就算不是「一『詩』泯千愁」，但「文人相輕，自古而然」的「鐵律」並未在王蘇之間成形，反而讓這原本就應該說是以歐陽修為中心的「文學師兄弟」重新在友誼中復合——其實，蘇王本來就未曾在文學上對立，卻讓政治立場的不同阻絕了大半人生。

東坡與荊公同遊鍾山，連日暢談，並為詩唱和〈次荊公韻四絕〉[36]：

> 青李扶疏禽自來，清真逸少手親栽。
> 深紅淺紫從爭發，雪白鵝黃也鬥開。（其一）

> 斫竹穿花破綠苔，小詩端為覓檀栽。
> 細看造物初無物，春到江南花自開。（其二）

> 甲第非真有，閒花亦偶栽。
> 聊為清淨供，卻對道人開。（其四）

這三首以「開」、「栽」為韻的絕句，是唱和王安石〈池

---

[36] 蘇軾：《蘇東坡全集》，上冊，卷十四，頁161。

上看金沙花數枝過酴醾架盛開〉[37]而作的。「故作酴醾架，金沙祇漫栽。似矜顏色好，飛度雪前開。」描寫的是：作者刻意為酴醾花而搭了架子，沒有想到春天一來，無心種下的金沙花卻茂盛地直攀爬到酴醾架上，似乎是想要炫耀自己的姿容，伸展到酴醾前燦爛開放。和另一首描繪「酴醾一架最先來，夾水金沙次第開。」是相同的詩境。雖曾有荊公為詩目的在「以詩寄意」[38]的說法，但詩中所呈現即景而詠的恬適心情與略帶幽默的語氣，回歸文學討論，似乎不必要牽涉到政治上的風風雨雨。

抒情寫景，是這三首次韻詩的主要內涵。雖然紀昀曾說〈次荊公韻四絕〉是「東坡、半山，旗鼓對疊。」[39]之作，趙翼也說：「『春到江南花自開』，覺千載下，猶有深情，何必以奇驚雄鷙見長哉！[40]但紀昀卻也有「似應別有佳處，方愜人意」、「細看造物初無物，太腐氣」的批評。而〈次荊公韻四絕其三〉和另三首次韻詩有明顯不同。除了是東坡唱和荊公另一首〈北山〉[41]詩作之外，更是一種對生命流程中的

---

37 王安石：《王臨川全集》七絕兩首：卷二十八，頁156；五絕一首：卷二十六，頁121。
38 曾慥《高齋詩話》云：「公薦進一二寒士，位侍從。初無意於大用。公去位後，遂參政柄。因作此詩寄意」。然此詩與另一首七律、兩首七絕為同題之作，都屬即景賦詩，不必與政治糾葛。
39 紀昀：評《蘇文忠公詩集》，卷二十四。見曾棗莊、曾濤：《蘇詩彙評》（臺北市：文史哲出版社，1998年5月），頁1039。本文下段引紀昀之語亦見此。
40 見趙翼：〈蘇東坡詩〉，《甌北詩話》，收錄於郭紹虞編選：《清詩話續編》（上海：上海古籍出版社，1999年6月），上冊，卷五，頁1195。
41 王安石：《王臨川全集》，頁156。

錯失而引致的慨然之歌。時間流逝中對個體生命的沉思，讓東坡自覺已失去十年與王安石共處的機會；而就王安石來說，就算以具備一個老者智慧的了悟，從暴風中脫離，卻也付出了沉重的代價，那些曾有的叱吒風雲、神采風貌已不復存。然而，另一方面，政治立場的隔絕，幾乎封閉了王蘇往來的交流。空白的交誼，終於重新接續，這十年的等待，也正代表雙方雖礙於政治原因而斷緣，卻有無形心靈是相知相惜。

　　王安石詩云：

　　　　北山輸綠漲橫陂，直塹回塘灩灩時。
　　　　細數落花因坐久，緩尋芳草得歸遲。

　　江南的雨後初晴，把詩意的情境蘊得更深更美。而北山將綠水從高處潑灑下來還漲上了斜坡。筆直的河溝和曲折的水塘，正動盪著波光粼粼；躑躅在落英繽紛之中慢慢尋訪，沉醉在花與綠的邀約中，任誰都會因而遲晚回家的時間。這寧謐的氛圍，看來正如雷啟洪所說：「這位幾經宦海浮沉的政治家，息影田園後，已經把滿腔愛國憂民之情轉而傾注到山川草木中來了。」[42]

　　王安石詩中描寫的是北山中的水塘和遊憩的樂趣，「但

---

[42] 雷啟洪：《不畏浮雲遮望眼——王安石作品賞析》（臺北市：開今文化事業公司，1993年7月），頁83。

見舒閑容與之態耳」[43]，詩作前兩句寫景、後兩句言情中又自有春景融於圖畫裡，雖本於王維〈從岐王過楊氏別業應教〉「興闌啼鳥換，坐久落花多。」而來，「似乎沒有王詩靜謐、超脫，但實際上卻顯得更為從容、恬靜。」[44]東坡的和詩則捨棄相近的情境或內涵，以晚輩身分表示對王安石身體狀況的關心，表達追陪相從之願，及對王安石之敬慕。因而為詩云：

騎驢渺渺入荒陂，想見先生未病時。
勸我試求三畝宅，從公已覺十年遲。（其三）

這首詩意思是：彷彿看見您健康無病無恙的奕奕神采，騎著驢兒在杳無人煙的荒原小丘之間閒逸漫遊；您曾勸我在金陵落戶，和您比鄰而居，我早就應該要追陪相從卻已經遲了十年。一說「十年遲」即指熙寧七年前王安石當政時，早就該和平共處；一說指王安石從熙寧七年至元豐七年退隱的十年中，早該相從追陪。不論如何，都流露出「相隨恨晚」的遺憾，為了彌補這「從公已覺十年遲」的憾事，東坡有了這樣的行動——〈上荊公書〉曾說：「某始欲買田金陵，庶

---

43 葉少蘊：《石林詩話》，收錄於何文煥：《歷代詩話》（臺北縣：藝文印書館，1983年6月）一書，卷上，頁240。

44 陳友冰、楊福生：《宋代絕句賞析》（臺北市：正中書局，1996年8月），頁95。吳曾的《能改齋漫錄》則說此詩之句，雖本於王維詩「坐久落花多」，但「其辭意益工」，猶勝原作一籌。

幾得陪杖屨，老于鍾山之下，既已不遂，今來儀真，又已二十餘日，曰以求田為事。然成否未可知也，若幸而成，扁舟往來，見公不難也。……秋氣曰佳，微疾想已失去。伏冀順時候為國自重。」[45]東坡的關切也得到王安石的回應，〈回蘇子瞻簡〉除回應東坡對秦觀的推薦，也有「未相見，跋涉自愛」[46]的關懷。

東坡「從公已覺十年遲」難道只是應酬文字嗎？想來不是，而是流露真情的感慨之悟。對受過政治迫害的蘇東坡而言，多次面對貶謫之苦，雖然已經造就出自適的情緒與應對，「喜──悲──曠」的體悟，作為東坡自我調節的機制與內涵，固然用輕鬆態度面對悲傷，但畢竟每個人所抱持的生活態度並不相同，甚至東坡也曾有「中秋誰與共孤光？把盞淒然北望。」的落寞。而罷相的王安石呢？從至高地位陡落，離開政治漩渦的中心加上多病之身，就算是名義上的歸隱田園，在金陵半山園中遊歷，並且與李公麟，米芾等畫家同結交誼，又怎能擁有絕對的泰然處之？「傷痕累累的人生孤舟卻擱淺在如此遙遠的地方，怎麼也駛不進熟悉的港灣了。」[47]「堯桀是非時入夢，固知餘習未全忘。」〈杖藜〉一詩[48]正透顯王安石未嘗對政治忘情。

---

45 《古今詩話叢編》，下冊，卷十一，頁353。
46 王安石：《王臨川全集》，卷七三，頁466。
47 引自余秋雨：〈江南小鎮〉，《文化苦旅》（臺北市：爾雅出版社，1992年11月），頁152。
48 王安石：《王臨川全集》，卷二七，頁149。

有了悟,就不會沉溺在挫折與痛苦之中。東坡親自體驗,用感同身受的心情和王安石在金陵邂逅,詩作唱和、騎驢漫遊鍾山,相聚的心靈契合,更只差了一步就成了毗鄰而居的隱士。「同」(文學),讓王蘇結識;「不同」(政治立場),讓兩人幾成對立;又因「同」(仕宦生活,看盡政治),而讓雙方和解。這段衝突與和解的緣起與過程,即是——緣起→問題的形成與對立→問題的緩和→問題的選擇→問題的化解,如下所示。

	王安石	蘇東坡
緣起	※為歐公同門並以詩文著稱。實踐梅、歐的文學革新運動。	※為歐公同門並以詩文著稱。和王可說是以歐為領袖的文學集團中之佼佼者
問題的形成與對立	※與三蘇之間意見衝突 ※主張行新法	※針對新法,向神宗進言「求治太急、聽言太廣、進人太銳」 ※對新法多所批評
問題的緩和	※罷相遠離是非 ※烏臺詩案王言「豈有盛世而殺才士者乎?」而救蘇軾 ※晚年參佛心境調整	※政治翻滾的磨練、體會 ※貶謫、詩案、心理調適
問題的選擇	※親迎舊友	※拜訪問安
問題的化解	※共談文字、禪理、詩歌 ※相遊山林	※「從公已覺十年遲」可看出對王安石的敬重

	王安石	蘇東坡
	※邀請為鄰	※以詩為和 ※相遊山林

　　在新法上，兩人看法的差異在：（一）改革思想理論基礎不同──王安石尚法家，以「變風俗，立法度」為刻不容緩之事；而東坡則是服膺儒家，逐漸導民以德，和王安石的急切心態和行動不同。（二）改革重點不同──王安石的理財制度主張取財於民以富國，而東坡則主利民為先，對青苗、均輸法多所批評。（三）教育不同──王安石廢除明經科，廢除原有進士科考試項目，改以經義論策；而東坡則認為專以經義論策而罷詩賦，將使知識成為偏執一方。[49]「新法」無疑是製造雙方誤解及心結的最大原因，但，兩人對政治和人生面更臻成熟之後，對立已不復見，取而代之的是：在文藝創作與思想對談中，取得對衝突的調和與宣洩，也泯棄了官場上的恩怨；加上兩人同時具有理想被踐踏、有志不能伸的政治生涯，更能相互體會成與敗中所交揉的生命情境。

---

49 關於王蘇對新法的不同意見，可參見周偉民、唐玲玲：《蘇軾思想研究》，〈北宋社會的時代思潮與蘇軾〉（臺北市：文史哲出版社，1996年2月），頁9-16。而王水照亦言東坡在長期的地方官任上，對新法有進一步認識。他認為，「新法的精神實質只不過是用裁抑少數豪強勢力的某些利益的辦法，……」；同時，「他又看到新法雖有流弊又有某些可以『便民』的地方。」可參考王水照：《蘇軾》，頁99。

六 何人送我池南——對王安石的懷傷

　　東坡途經金陵,無疑是一種雪中送炭的行動。如果不是抱持尊重的態度,他大可不必去探望曾經是自己仕宦之路的「阻礙者」,反過來說,如果王安石仍舊對東坡深具敵意,對東坡「扯新法後腿」仍懷恨在心,又會如何?在紛擾不寧的宋代社會裡,對退朝或貶謫者避之惟恐不及,怎會把自己投身到糾葛而複雜的人事鬥爭中?再者,元豐八年(1085)三月,神宗崩殂,由年僅十歲的哲宗繼位,並由英宗高太后臨朝聽政,舊法派的司馬光又重回中心主導地位。於是新法被逐一罷除——七月,廢保甲法;十月,廢方田均稅法;十二月,廢市易法、保馬法。被歸屬為舊法派的東坡也在元豐八年(1085)自登州被召還京,任起居舍人,元祐元年(1086)三月,起為中書舍人(記錄天子言行)、翰林學士(起草辭令)、知制誥(起草詔敕),同時兼任侍讀。入京的東坡,發現實施十幾年的新法,並非全無績效——事實上東坡本來也並不反對新法,他只是認為「變什麼法」、「該如何變」才最重要。黃仁宇先生也說,王安石的新法「企圖以現代金融管制方式管理國事,其目的無非都是想藉由經濟力量支援國防軍備,以應付來自遼和西夏的威脅。」[50]卻功敗垂成,對王安石來說無疑是重大打擊!即使是誦詩說佛的隱居生活,但對眼見新法實行卻又看到它一一落幕的情景,也不

---

50 見黃仁宇:〈北宋大膽的試驗〉,《歷史月刊》(臺北市:歷史月刊雜誌社,1992年5月),頁92。

禁有在書院讀書,時時以手撫床而嘆,「予老病篤,皮肉皆消,為國憂者,新法變更盡矣!」[51]之慨了!

罷黜新法的戲碼仍舊持續,二月,罷青苗法、三月,罷免役法,而王安石也未到新法全廢之際,就在四月憤懣辭世。六月,詔考試不得引用字說,十一月,恢復詩賦取士,而新法至此盡廢。

對東坡來說,重回政治中心,對於新法有更深體悟,如前所言,在〈與滕達道書〉中明言:「某欲面見一言者,蓋為吾儕新法之初,輒守偏見,至有異同之論。雖此心耿耿,歸於憂國,而所言差謬,少有中理者。……若變志易守,以求進取,固所不敢,若譊譊不已,則憂思欲深。」表達自己對於新法所抱持的觀點是有所偏差的,不應該為反對而大加撻伐。在以舊法「馬首是瞻」的時代裡,東坡又一次「不合時宜」地「挺身而出」,為逐漸弱勢的新法說了公道話。東坡這番言語,對自己的仕宦生涯卻暗藏著危機,如果為求明哲保身、平步青雲,就算只是對新法部分認同,也不必賭上政治盤局。但東坡對新舊黨爭的怨仇交織不以為然,寧可直言敘真。

而新法的實際催生者不安石之死,不免讓曾經在這場爭鬥裡立場相異的東坡有深沉感嘆。東坡在七月「奉敕祭西太一宮,……見王安石題壁猶存。次韻。」[52]而王安石剛剛去

---

51 孫望、常國武:《宋代文學史》(北京市:人民文學出版社,1996年9月),頁203,引1976年8月9日《光明日報》:〈新發現的一封王安石家信〉。

52 王文誥:《蘇文忠公詩編註集成》,(臺北:臺灣學生書局,1987年10月),冊二,卷二十七,頁939。

世，於是睹詩思人而寫了〈西太一見王荊公舊詩，偶次其韻二首〉：

秋早川原淨麗，雨餘風日清酣。
從此歸耕劍外，何人送我池南？（其一）

但有樽中若下，何須墓上征西。
聞道烏衣巷口，而今煙草萋迷。（其二）[53]

　　第一首描寫面對秋意動人的原野之晨，本該是心靈也如雨後的陽光，甜暖沁人，然而最悲傷的事卻在最美麗的圖景中被喚醒了記憶，好友凋逝的感慨油然而生。東坡不直寫王安石的逝世，而以無法為自己送行表出，想必不願將好友與死亡的聯繫昭然若揭吧！然而這樣卻反而讓傷懷更深——也許那天，我有返家歸田的自適，那時，又有誰能分享我的恬淡與安詳？

　　第二首之意，原是曹操志在死後能讓人在其墓碑刻上「漢故征西將軍曹侯之墓」，而東坡反用典故，他認為只要有酒喝，又何必一定要擁有征西將軍的頭銜！東坡更進一步說明理由，王安石一過世，門庭便冷落許多，這便是政治現實，既是如此，又何必汲汲於名利的追求呢？

53　蘇軾：《蘇東坡全集》，上冊，卷十六，頁186。王安石題詩，指的是〈題西太一宮壁〉。

王安石因新法而被推向權力中心，暫居歷史的前臺；卻又因新法而退出決策中心，政事就是如此，該在其位，便行其事。長江後浪推前浪，總有一天，有另一批主政者在政治舞臺上展露身手。

《墨莊漫錄》云：「王安石為相，……忽覺偏頭痛不可忍，……已而小黃門持一小金杯藥少許賜之……蘇軾自黃州歸金陵，安石傳此方，用之如神。」[54]而《何氏語林》也說：「王荊公在鍾山，有客自黃州來。公曰：東坡近日有何妙語？客曰……作成都聖像藏記千餘言，……公展讀於風簷，喜見眉鬚曰：子瞻人中龍也。然有一字未穩……曰勝曰負，不若曰如人善博，日勝日貧耳。東坡聞之，拊手大笑，以公為知言。」[55]可以感受到「金陵」對王蘇友情而言，具有重大意義！雖然《蘇軾文集・制敕王安石贈太傅》中東坡敘寫王安石之人格、地位的文字，是一種官樣文章，但或許仍可作為王蘇友誼的註腳：「具官王安石，……屬熙寧之有為，冠群賢而首用。……進退之美，雍容可觀。……進退之美，雍容可觀。……寵以師臣之位，蔚為儒者之光。」[56]

---

54 曾敏行：《墨莊漫錄》，卷五。轉引自孫光浩《王安石洗冤錄》一書，頁116-117。

55 曾敏行：《何氏語林》，卷九。轉引自孫光浩：《王安石洗冤錄》，頁117。

56 《蘇東坡全集》，《外制集》，上卷，頁603。

七　結論

　　鬱忿不見了，胸襟擴大了，而憤恨少了。

　　過去的種種恩怨，終會被時間掩埋，然而，這，需要大智的澈悟。

　　人的主觀意識和外在的客觀世界，是否一定要處於對立狀態？當有心去突破困境，找尋生命中的慰藉與超脫，克服原有的晦暗感受與心理障礙，常能讓築構隔閡的高牆瞬間墜落。那麼，對於曾經與自己有嫌隙的對方，又何必以激憤哀痛的生命情調來面對？事情有真相，但卻也有時無關孰定孰非。放開了心，泯滅千愁，舊離也可成新友──就算曾是好友，但在一場場風波之後的重新回歸，更值得珍惜。「亦知人生要有別，但恐歲月去飄忽。」東坡知道這個道理，王安石也應該明白才是。

　　失落的時空無法補構，但斷線的友誼卻可以續約。周遭的現實，已經造就東坡安然自處的本領，或者說，他已參透人生而涵養出寬和大度的氣量，難道王安石就不能把禍福榮辱置之度外，海涵一切，非得要做悲劇性的執迷？另一方面，王安石拋棄新法造就的成見，願意挺身上告肺腑之言，東坡離獄的寬宏，東坡又如何能不心懷感念？

　　不可否認，官場生活，總要依賴自己對於周圍環境的預測敏感度，再談生存發展。對這樣的原則，東坡似乎並未在意，也正因為如此，才有另一段友誼的重生。罷相的王安石早已非當朝紅人，根據經驗法則，孤獨、落寞，是生活寫

照,同時,為「門庭冷落車馬稀」的場景霸占。加上「新法」這個本身無罪的名詞為王安石帶來太多負面評價,胸懷矯世變俗之志無法再伸,但友誼的潤澤,不啻是尋求慰藉的最好方法。

討論王安石與蘇東坡的情誼,可以得知:

(一)王蘇「結織→交惡→續緣」的過程,從熙寧二年(1069)至熙寧四年(1071),由於對新法抱持的看法相異,兩人互為「政敵」的衝突之後,直到元豐七年(1084)的十三年間,少有交流。

(二)對東坡而言,烏臺詩案、遊歷廬山所感悟對人生及事物的全面觀照;就王安石來說,晚年參佛學禪,調適心理狀態。對於兩人復合,有一定的推波助瀾之效。

(三)相似的政治遭遇(居高位,遭陷排擠、離朝、慨歎空有大志),歷經政治風暴,從險境中掙脫,讓兩人在不同立場中又有相類的生命情境。[57]有這樣的過程與經歷,對於重逢的知惜也更厚重。

(四)新法可說是造成兩人情感撕裂的「罪魁禍首」,

---

57 王蘇兩人的生命歷程之中,頗有巧合,附記於此:

	王安石	蘇東坡	
出生	天禧五年(1021)	景祐三年(1036)	差十五歲
登第	慶曆二年(1042)	嘉祐二年(1057)	同為二十二歲登第(差十五年)
去世	元祐元年(1086)	建中靖國二年(1101)	享年六十六歲(差十五年)

抽離了「新法」的作祟，兩人並沒有交惡的成分。甚至少有嚴肅對談的場面，多的是論詩言文的詼諧之趣[58]。

（五）泯滅仇恨，如果沒有度量與寬容，又能如何？有容，德乃大；有量，才能不問過去的是非恩怨，或者退一步自身的我執。當然，這是王蘇雙方共同領悟才擁有的復合友情。

王蘇之間既已泯滅深仇，身為後輩的我們，是否必定要在討論中面紅耳赤，揚此抑彼？若是要澄清古事記載之誤，為受屈者平反，是件好事，但為了凸顯受屈者的「是」而認定對方的「非」，則又過當。畢竟，當事人是無法控制後人的敘寫與批判的。

---

58 《西清詩話》言：「王文公見東坡《醉白堂記》云：『此乃是韓白優劣論』。東坡聞之曰：『不若介甫《虔州學記》，乃學校策耳。』二公相誚或如此，然勝處未嘗不相傾慕。元祐間，東坡奉祠西太一宮，見公舊詩……注目久之曰：『此老野狐精也。』」而《古今詞話》也說「金陵懷古，諸公寄調〈桂枝香〉三十餘家，惟王介甫為絕唱，東坡見之不覺嘆曰：『此老乃老野狐精也。』」王安石之〈題西太一宮壁二首〉及〈桂枝香〉歷來評價均高，東坡之嘆應是嘆其可觀，「老野狐精」該是「謂其無所不能之意，乃極傾慕語」。看似奚落與嘲弄，實際上卻是擊節讚賞。而顧棟高輯《王安石遺事・蘇軾調謔篇》云：「東坡聞荊公字說新成，戲曰：『以竹鞭馬為篤，不知以竹鞭犬，有何可笑？』公又問曰：『鳩字从九从鳥，亦有證據乎？』坡云：『《詩》曰鳲鳩在桑，其子七兮，和爺和孃，恰是九個。』公欣然而聽，久之始悟其謔也。……東坡嘗舉坡字問荊公何義？公曰：『坡者土之皮。』東坡曰：『然則滑者水之骨乎？』荊公默然。」之載，也呈現對文字不同論點中即使嚴肅，也有詼諧的一面。另李一冰：《蘇東坡新傳》（臺北市：聯經出版事業公司，1998年7月），卷十三，頁511-518。對兩人交誼及談論詩文之趣，亦有記載，可參考。

脫離了權力圈的限囿,朋友反而更近了。這句話,或許在檢視石安石與蘇東坡的交誼之際,最值得讓人深思。

——發表於《千古風流——東坡逝世九百年紀念學術研討會論文集》(臺北市:洪葉文化出版公司,2002年)。

苦難與超越
──由〈定風波〉一詞談蘇東坡的生命抉擇與意境

摘要

　　神宗元豐二年七月，東坡在湖州刺史任內如同雞犬般被驅趕著，陷入困境。著名的烏臺詩案，把一個清亮之士示眾。三個月後，東坡來到黃州。黃州雖苦，卻是大難之後的喘息安撫之地，對東坡而言，擁有生命中最真實的況味，也成全了一個嶄新的人生階段。東坡以一種曠達的懷抱，將自己從人生的挫折中超脫出來。黃州對於東坡而言，有了這麼特殊的意義。而透過〈定風波〉一詞，最能理解東坡超脫思想。在虛實相間的筆法中，一個昂然不屈、不與人流俗的正直之士燦然表出。是故，本文討論東坡於貶謫黃州所作之〈定風波〉一詞的深刻意義及東坡展現的生命情境。

　　本文分為七部分。壹、前言──黃州，一個新的人生階段：以東坡身陷烏臺詩案的牢籠，卻能在政治中開拓人生意識為出發點。貳、抉擇──一蓑煙雨任平生：分析東坡的「不覺而覺」與「一蓑煙雨任平生」的獨特性，並顯現其生命中遭遇困窘險惡與威迫，卻不為弱柔的修養與操守。參、

超越——也無風雨也無晴：說明風雨撲面而來，東坡自有勇氣承擔；當風雨驟去，斜照相迎，也不會歡喜忘形的自適超脫。肆、哲理與反思：探討東坡在黃州以禪悟之心面對挫折。伍、人生觀的學習與領悟：探討定風波一詞所呈現的意義。陸、結論——生命的堅持：以東坡對於自我生命本質的認清與堅持為結。

關鍵詞：東坡、生命情境、黃州、曠達與超脫、順境與逆境

一　前言──黃州，一個新的人生階段

每個人生命中，總有最值得品味的事件與最深刻依戀的所在。詩詞作品，對於故鄉所繫之愁，即使是千百年之後的咀嚼，依舊讓人刻骨銘心。然而在這些文學作家的生命情境中，仕途上的起落與政治上的複雜糾纏，正是致使他們不得不在人生驛站中多點佇足的主因。

胡曉明曾說：

> 中國古代知識分子，與他們生存的時代的最顯著力量──政治──之間，歷來有一種緊張狀態。此種緊張狀態，遂造成……無數詩人現實生命的坎陷與心理人格的焦慮。[1]

在這種政治憂患中，文學創作扮演著哪一種功能？有些文人，面對政治壓抑或紛擾不已的世局，因而發憤著述，將個人的不幸遭遇和國家衰敗破碎的命運牽繫在一起，藉著詩歌創作，既是情緒的發洩，也是與世俗險惡對抗的一種方式；另外一些人，則是試圖在文學中尋找慰藉，排解生命衝擊，有的因而獨善其身或失卻生活動力，有的藉此心性涵養，化解悲情，求取心靈安頓，曠達自適，進而圓融觀照世

---

[1] 胡曉明：〈養氣〉，《中國詩學之精神》（南昌市：江西人民出版社，2001年9月），頁121。

界。不管如何,在蹭蹬與困頓的生命歷程裡,狂憤與慨嘆、自覺與反省,往往形成迥然不同的文學風格。

　　文人的多思與多情性格,東坡亦無可避免的擁有,尤其面對許多不愉快的經歷,他著實飽滿著比其他人還深切的掙扎與痛苦。生活的挫折,常引領他在面對現實之外,用反省與思考,並藉由文學創作,對人生或宇宙世界的現象加以體會發抒。對東坡來說,他的憂患,並非只是單純的指向政治或社會所帶來的風雨或矛盾,而是牽繫著對整體人生的反思,「人生到處知何似?應似飛鴻踏雪泥。」(〈和子由澠池懷舊〉,前集,卷一,頁2)[2]、「世事一場大夢,人生幾度新涼?」(〈西江月・黃州中秋〉,上冊,卷一,頁212)「人生如逆旅,我亦是行人。」(〈臨江仙・送錢穆父〉,下冊,卷二,頁352)有別於一般作品對於事件本身的特定指向,東坡之作多是對於人生整體與歷史時空的詰問與感嘆。但是在感慨與厭倦的情緒之後,他猶可以在困頓中冀求希望,在憂患裡追尋消解,讓深沉的人生憂慮裡,竟也奔進曠逸而達觀的心胸。「水方瀲灩晴方好,山色空濛雨亦奇。欲把西湖比西子,淡妝濃抹總相宜。(〈飲湖上初晴後雨〉,前集,卷四,頁43),什麼樣的西湖景色最動人?不論是晴抑雨,無一不美、「黑雲翻墨未遮山,白雨跳珠亂入船。捲地風來忽

---

[2] 本文所引東坡詩文均出自於楊家駱主編:《蘇東坡全集》(臺北市:世界書局,1998年6月)一書;詞作則出自於曹樹銘校編:《蘇東坡詞》(臺北市:臺灣商務印書館,1998年6月)一書。均標明卷數及頁碼,方便查考。

吹散,望湖樓下水如天。」(〈望湖樓醉書〉,前集,卷二,頁30)烏雲縝密地織錦天空,瞬間大雨傾盆而下,一時天地變色;然而急雨一過,天又歸於青藍,晴雨皆宜,「吾安往而不樂?」(〈超然臺記〉,前集,卷三二,頁349)他不斷地開拓人生智慧,為撕裂的心靈填補傷口、也為封閉的世界尋找出口。

舒亶、李定、王珪、李宜之⋯⋯,這些基本上可以稱為是文化人的官吏,為宋朝的歷史留下一個驚心動魄的記號。邪惡的動機掩飾著不負責任的誣陷,把東坡推向一個臨深淵履薄冰險象環生的困境。神宗元豐二年(1079)七月,東坡在湖州刺史任上被捕入獄,一場生死的劇情上演著。東坡身陷其中,毫無反撲之力,只能如雞犬般被驅趕著,一個廟堂之士,已失去了應有的尊嚴與對待。蹎蹎的仕宦生涯,當屬這次囹圄之難的打擊最為深刻了!經歷三個月的牢獄之災,終於免於一死,獲得赦放,既而遭到貶謫的命運。黃州的生涯雖然清苦,卻因為是大難之後的喘息安撫之地,對東坡而言卻能擁有生命中最真實的況味,為東坡成全了一個全新的人生階段。蔡秀玲說:

> 談東坡的人生觀,黃州時期是重要關鍵。⋯⋯對於人生,他認為是長久的持續,而非短暫的存在,別離與聚合,憂愁與喜悅都是相對的,因此不須沉浸於一時的悲哀與別離。⋯⋯貶謫黃州時,⋯⋯他將佛老思想融入他的生命中,換言之,在面對挫折時,他已能以

一種曠達的懷抱，將自己從人生的挫折中超脫出來了。……〈定風波〉，最能表現這種思想與態度。[3]

　　黃州對於東坡而言，有了這麼特殊的意義；而透過〈定風波〉，彰顯著一個「不屈服，不從流，而昂首闊步，毫無畏懼的抗直之士。」[4]是故，本文將討論東坡於貶謫黃州三年所作的〈定風波〉一詞的深刻意義及東坡展現的生命態度。

二　抉擇──一蓑煙雨任平生

　　王文誥《蘇文忠公詩編註集成‧總案》說：「元豐五年三月七日，公以相田至沙湖，道中遇雨，作〈定風波〉詞。」[5]緣事而來的感情，總是最為真實。東坡自己在詞作之前，以小序交代詞的創作動機與緣起，並且清晰地表明詞作情感的指向：「三月七日，沙湖道中遇雨。雨具先去，同行皆狼狽，余獨不覺。已而遂晴，故作此詞。」也就表明了這闋詞就時間順序與當時情狀為──「雨具先去→行沙湖道中（行沙湖道中→雨具先去）→遇雨→同行狼狽、余獨不覺→已而遂晴→作詞」。

---

[3] 蔡秀玲：〈論蘇東坡的人生觀〉，《臺中商專學報》第29期（1997年6月），頁243。

[4] 陳新雄：《東坡詞選析》（臺北市：五南圖書出版公司，2000年9月），頁114。

[5] 王文誥：《蘇文忠公詩編註集成‧總案》（臺北市：臺灣學生書局，1987年10月）。

〈定風波〉云：

> 莫聽穿林打葉聲，何妨吟嘯且徐行。竹杖芒鞋輕勝馬，誰怕？一簑煙雨任平生。　　料峭春風吹酒醒，微冷。山頭斜照卻相迎。回首向來蕭瑟處，歸去，也無風雨也無晴。（下冊，卷二，頁234）

「穿林打葉聲」所代表的，是客觀的存在。「莫聽」，表達了東坡認為外物不足以縈繞於身，這種「莫聽」──對襲來風暴的消解態度，延伸成「何妨吟嘯且徐行」的自適與灑脫。而「何妨」甚且還暗示著一種挑戰而不服輸的性格；「吟嘯且徐行」則是呼應詞序中「同行皆狼狽，余獨不覺。」以凸顯東坡的個性。

在東坡身上，總看不到對於雨的哀愁。驟雨急來，本是自然現象，無關心情，也無關緊張、狼狽與否，畢竟生命中有太多的事是無需去憂慮與心急的，憂煩並不會改變事情的發生或結果。生活在人世間，生命的遭遇無疑也是一種風雨陰晴。葉嘉瑩先生就說：「從宗教來說是一種定力，從道德來說是一種持守。……無論是在大自然的風雨之中，還是人生的風雨之中，都需要有一份定力和持守，才能站穩腳步，不改變你的品格與修養。」[6]無疑地，從風雨中平凡不過的人

6　葉嘉瑩：《蘇軾》第九講（臺北市：大安出版社，1991年2月），頁124-125。

生事件,我們清晰地看見東坡灑脫而自適的定力與持守。

東坡在詞的開頭,即運用十分強烈的「穿」和「打」等字眼營造氣氛,描述一種「困境」。「穿」有穿越、穿透、穿插、穿過等意義;而「打」則包含了打擊、打破,打敗、打斷等意義。一個「穿」字的現身,已經足夠引領讀者想像眾人躲避的「狼狽」的模樣;進而加入「打」字的雙重爆發,讓遭受攻擊的生命情境更加不堪!然而,東坡獨異於人,用「莫聽」的態度,去面對一個風風雨雨的世界。

穿林打葉,代表風雨的襲來,但不為所動的心情,猶然自適;生命中的困窘險惡與威迫,修養與操守並不因此而弱柔。然而,衝擊擾身,如果只是以「莫聽」的態度面對,是否是麻木與消極?如同駝鳥心態般,選擇逃避?「莫聽」只不過是掩耳寬慰的一種方式,解決了耳畔的聲響,卻阻擋不了眼前的風雨。又或者說,如若只是一味排拒外力的侵犯,卻不知所措,甚至用抵抗的態度,在泥濘的環境裡奔逃,試圖得到逆境的消解,終究有失足的危險!挫折的恐怖往往不在於挫折的艱難,而在於自己本身精神上的頹圮與自信的喪失,因而自亂陣腳。

但是,東坡選擇的不僅是「莫聽」,他在「莫聽」的同時,也開啟了另一扇門,引領自己走向自適而達觀的道路。

「何妨」代表一點也不勉強地,能夠將挫折轉化為考驗與反省,甚至以欣賞的眼光來看待,這是何等心胸!一點也不受外界的──除了老天突如其來的驟雨之外,還得加上同行狼狽所引起的不安定感。──影響。既然不可改變的是現

狀，何不用心靈去寬解為外物繫心的束縛？因此，「徐行」以定心，「吟嘯」而自得，如同〈南歌子・送行甫至餘姚〉所言：「我是世間閒客，此閒行。」（上冊，卷一，頁203）一個閒逸灑脫的形象歷歷在目。

　　人生，總是在習慣中被呵護著。然而，習慣於習慣，卻有可能是一種可怕的耽溺現象。習慣於在風雨中被保護、習慣於車馬的代步，終究只能被拘執在一方角落。當官久了，總有揮之不去、頤指氣使的慣性，也少不了吆喝一聲、群僕代勞的傲氣。如果，人生總是不斷地要求，從不知足，一旦情勢不變，便難以適應。但東坡並不眷戀這耀武揚威的生活（其實他本來也就不是），於是，即便是無馬可騎，也有竹杖芒鞋輕簡裝備的快意。

　　東坡在離開黃州到汝州赴任時，曾有「芒鞋青竹杖，自掛百錢遊。可怪深山裡，人人識故侯。」（〈初入廬山〉，前集，卷一三，頁156）詩句，可見東坡喜歡輕簡的穿著芒鞋遊走於山林之間。「竹杖芒鞋」，是一般平民百姓的行步裝扮，或是閒適之時所穿；而「馬」則是官人或者欲辦急事時的交通工具。照理說，論速度，人行不如馬行；論舒適，騎馬無步履之累。如果能夠選擇，想必眾人多擇馬而怯步。但東坡卻獨好穿著芒鞋，在黃州的土地上烙印。

　　芒鞋固然是輕盈的，然而，在一個穿林打葉、暴風來襲、雨水灑落的濕漉之地行走，卻會變得拖泥帶水，一不小心還會濺濕衣裳。那麼，東坡這樣的選擇，是否意味著什麼？陳長明認為，這是種不欲為官的心理：

「輕」字必然另有含義，分明是有「無官一身輕」的意思。……〈答李之儀書〉云：「得罪以來，深自閉塞，扁舟草履，放浪山水間，與樵漁雜處，往往為醉人所推罵，輒自喜漸不為人識。」被人推搡漫罵，不識得他是個官，卻以為這是可喜事；〈初入廬山〉詩的「可怪深山裡，人人識故侯」，則是從另一方面表達同樣的意思。這種心理是奇特的，也可見他對於做官表示厭煩與畏懼。「官」的對面是「隱」，由此引出一句「一蓑煙雨任平生」來，是這條思路的自然發展。[7]

　　他認為東坡歸隱之意十分明顯。「一蓑煙雨任平生」這樣的發想，許是從張志和〈漁歌子‧漁父詞〉中所描寫的恬淡隱士生活「青箬笠，綠蓑衣，斜風細雨不須歸。」而來；東坡〈臨江仙‧夜歸臨皋〉也說「長恨此身非我有，何時忘卻營營？夜闌風靜縠紋平。小舟從此逝，江海寄餘生。」（下冊，卷二，頁252）東坡為眼前的靜夜水色所醉，一種浪漫不羈的性格燦然而出。這應是陳長明為什麼認為東坡在尋找一個無官的隱居世界。

　　然而，這樣的思路是否只暗示著畏懼為官或歸隱的念頭？另一個想法也許可以成立。東坡在序中用眾皆「狼狽」而余獨「不覺」以標誌自己的個性與隨緣自適的灑脫時，就

---

[7] 陳長明、唐圭璋等：《唐宋詞鑑賞集成》（臺北市：五南圖書出版公司，1991年6月），上冊，頁775。陳師伯元亦有相同看法。見《東坡詞選析》一書，頁115。

已經透露在「急切──舒緩」、「狂飆──徐行」中的選擇傾向，那麼，對於東坡捨棄「快馬」而就「輕簡芒鞋」的擇一決定並不意外。另一方面，試想，如果在沙湖道中騎馬遇雨，當眾人皆狼狽騎馬狂奔之時，難保東坡之馬不會如脫韁般急馳而去！如此，將與東坡的期望背道而馳。因此，沒有車馬以代步，沒有傘具以遮雨，天候的因素，加上人為的「配合」，讓東坡的芒鞋雨中行，有了心境轉換的條件。也許當眾人慨嘆沒有車馬代步的同時，東坡更能在濕泥中踏實土地，咀嚼生命中曾有的風雨點滴。

於是，「『輕』勝馬」的意義，亦可解讀為：芒鞋確實是比較「輕便、輕快」的，只是這種「輕」，是一種脫離困頓的「輕」（反省與轉化──既然只有芒鞋，何不寬心踏水前行？）、更是一種心靈清醒之後泰然自適的「輕」（寬慰與解脫──眾人皆抱怨的情景，對我而言，卻也是一種成長的契機，無入而不自得）。那麼，在「官」、「隱」之間的取捨關係之外，「一蓑煙雨任平生」也可說是不論自然界的風雨或是政治風暴，即使只有單薄的遮掩與防衛，即使這種歷程將成為生命的永恆伴隨，都將坦然面對，欣然接受。[8]

東坡的灑脫，不僅標示著他與眾不同的自得，對身為閱聽者的我們，也是一種勉勵：生命中也許充滿著痛苦和難

---

8 胡雲翼說：「披著蓑衣在風雨裡過一輩子，也處之泰然。」語見《宋詞選》（臺北市：明文書局，1987年8月，頁71）但東坡在詞序已說明雨具已先去，如何有蓑衣可披？是故以字譯方式解讀此句，和東坡所要表達的深刻意義並不相同。

題,但能掌握的人,總是將之當作是成長的契機。這所有的改變與轉化,都涉及自覺性的深刻意義,如同索甲仁波切在《西藏生死書》中所說:

> 當海浪拍岸時,岩石不會有什麼傷害,卻被雕塑成美麗的形狀;同樣道理,改變可以塑造我們的性格,也可以磨掉我們的稜角。……因此,生命中的逆境,都是在教我們無常的道理,讓我們更接近真理。當你從高處掉下來時,只會落到地面——真理的地面;如果你由修行而有所瞭解時,那麼從高處掉下來絕不會是災禍,而是內心皈依處的發現。困難與障礙,如果能夠適當地加以瞭解和利用常常可以變成出乎意料的力量泉源。[9]

當生命已然達到無入而不自得的境地,即使是政治上的風聲鶴唳、自然界中的風起雲湧,都將無擾其心。也許當眾人以為「一蓑煙雨任平生」是困蹇人生的淒涼坎坷,因而為東坡一掬同情之淚,但卻是東坡「我心坦然」的最佳寫照。沈家莊說:「通過『誰怕』的反詰,表現詞人兀傲偉岸的人格和剛烈坦蕩的胸次,……『不覺』是人生參透後一種超然

---

[9] 索甲仁波切(Sogyal Rinpoche)著,鄭振煌譯:〈反省與改變〉,《西藏生死書》(臺北市:張老師文化事業公司,1996年12月),頁57-58。

物外的至高境界。」[10]因此，儘管穿林打葉而來的風雨侵擾，東坡內心執守的信念，卻使他能在精神上瀟灑地吟嘯徐行，並抒發無畏煙雨的曠達之情。

考察身世界的假設，是在實際經驗裡，以另一種觀點予以對照，因而提供我們一種選擇的餘地。經過風波之後的心靈，終究會舒放眼光，看淡得失，「一簑煙雨任平生」的抉擇或無謂，已鑄印在東坡的心靈空間。

三　超越──也無風雨也無晴

詞作上闋表現東坡面對「穿林打葉」風雨時，從容不迫而無所畏懼的精神；下闋則呈現心靈的反差與寧靜，畢竟飄風不終朝，驟雨不終日，風雨終究會消失，斜照相迎，表現了他對逆境的樂觀態度。

時間回溯。一場生與死的拉鋸戰，正狂傲不羈地在元豐年間上演著。而糾葛其中的主角東坡，正在蹎躓的仕途裡，身陷囹圄。就算太皇太后、王安石等人的說項讓他免於一死，既而遭到貶謫的命運，但文人敏感的心靈所烙下的傷痕，卻是揮之不去。打擊帶來的寒慄，不免讓人回想而深深悸動與抖顫；料峭春風的寒冷，是現實的情景，卻也是心境的寫照。烏臺詩案的恐懼，在寒風與酒醒之後重新鮮明起來。

一個飽受艱辛的生命旅者，總該被溫情所包圍。當心境

---

[10] 沈家庄：〈詞品：定風波〉，《詞學論稿》（桂林市：廣西師範大學出版社，1994年9月），頁255。

一陣春寒之際,山頭西斜的太陽,終究帶來光明與溫暖。雨後終晴,是一種宇宙循環的必然,因此,微冷之後,將會有暖意徐來。而這種循環,恰巧觸動著人生領悟的心絃——雨過可以天青、冷後終將微暖,那麼,痛苦是否也可以超脫?葉嘉瑩先生說:

> 對人生有了一個比較徹底的認識,所以在微冷的醒覺之中就有了親切溫暖的感受。……一個作家不管寫出多少作品,你都可以透過他所有的作品找出他的心中的一個感情意境之所在,……通過蘇東坡的……詩和詞,我們也可以找到他的一個基本的修養之所在,那就是「山頭斜照卻相迎」——一種通觀。[11]

缺乏反省或思索的心靈,往往容易讓自我依附著環境而變動。如果東坡在微冷之後,無法擺脫心靈的寒顫,也就沒有解脫與曠達了。經驗的體會深刻人心,終究要在心靈上烙下痕跡,如同東坡在冤獄中受盡的折磨,總讓人無法忘懷。然而,經驗卻也是一種心隨萬境轉的過程,其中的關鍵,常在一霎時的念頭轉換。

在東坡身上,我們不難看出他對於經驗所凝結的法則或道理——「困頓→接受→反省→領悟→解脫」,一樁生死大事,寫來微顫卻又淡然,彷彿一切的政治風雨早已消散如

---

11 葉嘉瑩:《蘇軾》第九講,頁133。

煙，不再心靈困厄。人生的境遇便是如此，多少挫折與艱難，就如同風雨般；當時間流逝之後，悄然回首，原先那風雨侵襲的地方，已然一片寂靜。「眾裡尋她千百度，驀然回首，那人卻在燈火闌珊處。」回顧，不啻是省思的最好方式。有時候，尋找一個能夠保持距離的視角，反而更能投入一種滋味悠長的品味與析賞。

詞中的「蕭瑟」，除了寫東坡方才走過的路徑之外，所指應是生命中所遭遇到的挫傷與愁苦。然而這一切都不再是悠然自適的東坡所牽絆或心悸的對象了，因為在他心中既已無風雨、也沒有晴天──一種超越於風雨陰晴、幸與不幸、憂傷與暖抱的超然境界。

如果沒有已而遂晴，東坡這闋詞的意義是否鮮明的呈現？於是，晴的出現也是顯現和風雨的對比，如同〈六月二十日夜渡海〉詩所說的「參橫斗轉欲三更，苦雨終風也解晴。雲散月明誰點綴？天容海色本澄清。」（後集，卷七，頁496）雲開月見、天宇透澈、星空皎潔、碧波清盈，風停雨歇之後，原有的光風霽月，澄淨了。東坡用寫景之筆，寄寓其情：點綴的天空雲翳盡散，天容澄清、海色也澄清，而東坡也得以還其原有的面貌，自身高尚的品格與堅持，是不會因為短暫的烏雲遮蔽或長久風雨的侵襲而消失的。[12]

---

12 東坡在〈六月二十日夜渡海〉詩中，將渡海的經歷加以擴大，顯現其人生旅程中所品嚐的憂喜，和〈定風波〉有相似的情感基調。可參考拙著：〈天容海色本澄清──東坡六月二十日夜渡海詩的人生境界〉，《文學時空與生命情調》（臺北市：文史哲出版社，1998年3月），頁117-132。

「人有悲歡離合，月有陰晴圓缺。」（〈水調歌頭・丙辰中秋……〉，上冊，卷一，頁168）自然界的反覆往來，形成一種必然的循環，然而仕宦中的風雨卻是難有確切的停歇，終究沒有人能知曉雨過天藍的兌現是否圓滿。遭受挫敗與詆譭的人，總是渴望天晴的眷愛；如果有一天，不再有風雨擾身，是否也意味著期盼天晴的心理不必再有？「當肆虐的風雨撲面而來時，他自有『泰山崩於前而色不變』的勇氣；當風雨驟去，斜照相迎時，他也不會歡喜忘形，暗自慶幸。」[13]心靜了、心空了、心也富有了。東坡所建構的世界，是思索後的再生，是塵囂擾攘之後的空，也是一種空而富有的空。陳師伯元云：「相田途中遇雨，詞人寫眼前之景，而寓心中之事，因自然現象，抒人生觀點，即景生情，於是寫出這樣一首於簡樸中見深意，尋常處見波浪的詞來。這首詞實際上也就是東坡自己的寫照。」[14]一個昂然獨立的清流之士，終究會在風雨的淬鍊之後更亮眼。

四　哲理與反思

王水照曾說東坡是一位聰穎超常的智慧者，但卻算不得是擅長抽象思辨的哲學家。因為「他是從生活實踐而不是從純粹思辨去探索人生底蘊。他個人特有的敏銳直覺加深了他

---

13 王水照、崔銘：〈三詠赤壁成絕唱〉，《蘇軾傳——智者在苦難中的超越》（天津市：天津人民出版社，2000年1月），頁288。
14 陳新雄：《東坡詞選析》，頁114。

對人生的體驗,他的過人睿智使他對人生的思考獲得新的視角和高度。」[15]從平常事理,體會人生的意義,平凡中學習,生活就是禪。陶文鵬也認為,東坡在詞作中所表達的人生哲理,都是基於日常的事理與人情,「有明顯的實踐性、樸素性與作者的獨特個性。蘇軾兼融儒、釋、道三家思想又使其趨於簡易、致用,借以圓通地觀照事理和明達地處世應物,……」[16]所以,在詞作中所揭示的哲理既是深邃精微,且又平易近人。

東坡在黃州放遊山水、從大自然中安撫情緒,閒適自得。沙湖道中遇雨的心靈透悟;赤壁之遊的江上之清風、山間之明月;東坡的灑脫豪情與自然的天地彷若相容。皎然僧曾有〈山雨〉詩云:「一片雨,山半晴。長風吹落西山上,滿樹蕭蕭心耳清。雲鶴驚亂下,水香凝不然。風回雨定芭蕉濕,一滴時時入畫禪。」(卷六)山雨飛動,卻是感性的生命形態與動人的生活美學。於是東坡的雨中行、風中吟,不是惱人的陰霾與晦暗,而是一種面對飛動之趣中的自覺,一種對於美感的深深顫動。眼前的景致和心中的情緒相融,竟也烙印著禪宗色彩。[17]

---

15 王水照:〈蘇軾的人生思考和文化性格〉,《蘇軾研究》(天津市:河北教育出版社,1999年5月),頁71-75。

16 陶文鵬:〈論東坡哲理詞〉,《蘇軾詩詞藝術論》(上海市:上海古籍出版社2001年5月),頁178。

17 宗白華《美學散步》云:「禪是動中的極靜,也是靜中的極動……,是中國人接觸佛教大乘義後體認到自己心靈的深處而燦爛發揮到哲學境界和藝術境界,靜穆的觀照和飛躍的生命構成藝術的兩元,也是禪的心靈狀態。」

東坡的〈出峽〉之作「入峽喜巉岩，出峽愛平曠。吾心淡無累，遇境即安暢。」（續集，卷一，頁20）「因病得閑殊不惡，安心是藥更無方。」〈病中游祖塔院〉（前集，卷五，頁49）[18]透顯著安命思想。東坡也「惟佛經以遣日」（〈與章子厚參政書〉，前集，卷二八，頁330）、「心困萬緣空，身安一床足。豈惟忘淨穢，兼以洗容辱。」（〈安國寺浴〉，前集，卷一一，頁133）

烏臺詩案的飽受屈辱，讓東坡在黃州生活，喜與田家野老相從，溯溪沿山以參訪佛寺、親近佛理。「東坡始終由平靜空明之心反照萬象，牢籠萬物，故所發皆為具禪意之觀照。」[19]而好友參寥僧，亦不遠千里自杭州前來探視東坡，陪伴東坡年餘。[20]而《冷齋夜話》也記載著：「軾嘗要劉器之同參玉版和尚。器之每倦山行，聞見玉版，欣然往之。至廉泉寺，燒筍而食。器之覺筍味勝。問此筍何名？東坡曰『即玉版也。此老師善說法，要令人得禪悅之味。』」[21]

---

18 「安心」二字，出自《墨子・親士》：「非無安居也，我無安心也。」所指為安定之心情；此處應為佛家語，出自《景德傳燈錄》卷三，菩提達摩言。二祖慧可向達摩求安心之法，達摩言「我與汝安心竟」，所指即求安心只須內求，而不必向外。

19 李慕如：〈談東坡思想生活入禪之啟迪〉，《屏東師院學報》第11期（1998年6月），頁180。

20 參寥僧與東坡的情誼甚深，東坡多次貶謫，參寥均不遠千里相陪。東坡的〈八聲甘州・寄參寥子〉一詞，更是兩人友誼的最好印證。關於兩人之交往情況，可參見拙著：〈傾訴與聆聽——試論東坡與參寥的情誼〉，《歷史月刊》第162期（2001年7月），頁37-44。

21 《冷齋夜話》一書，收錄於《筆記小說大觀二十二編》（臺北市：新興書局，1978年），第一冊，頁620。

黃州時期，東坡進入另一個人生階段，這時因為情勢大變，加上黃州偏僻，使他「以素樸生活為經，方外之游為緯，勤涉釋道典籍，復轉往心靈奧秘省察。……東坡之性格融嵌儒釋道三家。……釋道二家，乃東坡之隱性，使其精神和諧，助其超於困厄之下；……」[22]

五　人生觀的學習與領悟

分明是無罪，卻被小人奸臣投以「關照」的眼光，因見謗成為陛下之囚；明明沒有詆毀朝廷與皇室，卻得在自知無罪中強迫自己承認有罪，把外在的侮辱與戕害轉變為自侮自戕，心靈所受到的創痛就更慘烈。大難之前，詩詞文章曾經是讓他幾乎逼近死亡的最大「元凶」；然而大難之後，這些文字卻又成為他自我治療、擺脫心靈困厄的精神支援。修補深痛的傷口，亦即尋回自尊。「樹木受傷會分泌液汁自我治療，人類的語言文字也有類似樹汁的作用。……蘇軾希望在詩中創造出一個超拔的新世界，……恢復自尊的正確途徑是進行深刻的反思。……在經過縱（時間上的今昔）橫（空間上的物我）兩方面的深自內省後，蘇軾終於走出了感情的低谷，……以曠放超逸的精神世界來蓄養自尊及自信。」[23]

---

22 王淳美：〈東坡謫居黃州時期與釋道關係之研究〉，《南臺工專學報》第15期（1992年3月），頁132。

23 史良昭：〈初到黃州〉，《浪跡東坡路》（臺北市：漢欣文化事業公司，1990年11月），頁94-97。

相異的生命,執著與絕望的深度或有差異;憂憤與陰霾的情緒也會不同。然而,當心中的大門打開,剝落塵土,不再為沮喪與焦慮折磨,心念終會被撫平,因而隨緣成長。

那麼,東坡的〈定風波〉一詞,究竟擁有著多大的意義呢?鄭文焯《大鶴山人詞話》:「此足徵是翁坦蕩之懷,任天而動,琢句亦瘦逸,能道眼前景,以曲筆直寫胸臆,倚聲能事盡之矣。」[24]直筆曲筆、眼前景心中事,只是輔助我們掌握東坡詞境的方式或技巧,更重要的探索層面,該是一種人生觀的學習與領悟。陳師滿銘說:「寫的雖是他在沙湖途中遇雨的一件小事,卻反映了作者在惡劣環境中善於解脫痛苦的曠達胸懷,……『誰怕,一蓑煙雨任平生』及『歸去,也無風雨也無晴』,正道出了他不避苦難、經得起挫折的生活態度……但覺真氣流行,空靈自在,……」[25]當我們以受想行識去經驗一件事,念頭便開始轉動。就在轉動之時,便是觀念的改變,於是,常會引領我們進入一個更深邃的境地。

對東坡而言,心念的執著與掛礙,隨著生命歷程的變化而淡然,黃州生活,究竟為在仕宦道路上跌落潦倒的他帶來那些心靈智慧的啟迪?冥想與遊觀,收起勁健的稜角,在偏僻的黃州扮演親近鄉土的閒逸之士。他可以發抒「山下蘭芽短浸溪,松間沙路淨無泥。蕭蕭暮雨子規啼。　　誰道人生

---

24 鄭文焯:《大鶴山人詞話》,收錄於曾棗莊、曾濤編:《蘇詞彙評》(臺北市:文史哲出版社,1998年5月),頁89。
25 陳滿銘等:《唐宋詩詞語注》(臺北市:文津出版社,1989年10月),頁224。

無再少？門前流水尚能西！休將白髮唱黃雞。(《浣溪沙——游蘄水清泉寺，寺臨蘭溪，溪水西流。》，上冊，卷二，頁235) 用爽朗的語調道出「水可西流，那麼人為什麼不能再年少？」的青春企想；生活中也有自得其樂、高風亮節的風雅：「雨洗東坡月色清，市人行盡野人行。莫嫌犖确坡頭路，自愛鏗然曳杖聲。」(〈東坡〉，前集，卷一三，頁154) 而屬於東坡超脫而不染的生命氣質也歷歷在目：「江城地瘴蕃草木，只有名花苦幽獨。嫣然一笑竹籬間，桃李漫山總麤俗。也知造物有深意，故遣佳人在空谷。……」(〈定惠院海棠〉，前集，卷一一，頁133) 將自己比為海棠花，雖身在漫山桃李間，卻有高貴而不流俗的氣質。

領略總不分事大與事小，正如風雨和晴朗的泯除悲喜，相對的喜好與厭惡，常繫於心念之間。林師明德說：

> 所謂的風雨和所謂的麗晴，以及，所謂的滄桑和所謂的甘甜，原也不過是轉化相對的現象而已，到頭來，還不是復歸虛無。那麼，還要斤斤然置意、執著些什麼呢？穿過風雨的東坡，終於體觸到生命的真諦，同時也為自己找到了安頓的地方。[26]

命運總是在有力量的遭逢中和人生相遇，也正是機緣裡

---

26 林明德：《唐宋詞選》(臺北市：時報文化出版公司，1998年9月)，頁157。

自身產生的那股力量提攜著自己，於是命運有了動力。當這股動力有了深刻的領悟，心靈終將可以超越風雨陰晴，真正的平「定」「風波」才會落實。

　　楊海明說，在東坡詩詞中，最能感知到他的思想歷程。那便是從苦悶憂患的境遇中尋找慰藉與追求，進而在追求中尋得解脫的「三部曲」進程：

> 作者對於人生的「熱情」，幾已降到了「零度」：「古今如夢」（〈永遇樂〉），人間一切的悲歡離合到頭來都只是新舊相續的一連串夢境而已，這又是一種多麼深刻的苦悶情緒！但是這僅只是蘇軾思想歷程「三部曲」中的第一部曲。蘇軾接著又向我們展示了他的第二部樂曲——「追求」……他思想中不甘心消沉悲觀的一面，就因自然景物的啟發而亢奮起來；既然「門前流水尚能西」（〈浣溪沙〉），那麼，「誰道人生無再少」？當然，真正的「人生」……，是「看看已失」而不會「倒流」的。但蘇詞所寫，卻正表現了他對於苦悶情緒的抗爭和對樂觀情緒的追求。……他發現一個尋解決矛盾的「法寶」：「忘卻」煩惱、恢復「清淨」。……在未「忘卻營營」之前，江水騰湧，心潮起伏；而一旦「徹悟」之後，卻江風平息、水波不起。……經過這番艱苦的思索與追求之後，蘇軾終於找到了自己精神上的一個歸宿：任天而動、隨遇而

安。這便進入了他的「第三樂章」——「解脫」。[27]

從苦悶的情緒中掙脫，代之以對樂觀情緒的追求，終之以隨遇而安、超脫自得的歸宿，讓東坡的「三部曲」既感人又值得喝采！

東坡用他坦蕩的胸懷與達觀的從容不迫，把生命行旅中遇襲的驚濤駭浪一一克服，在敵意環伺的險惡環境中，昂然挺立，並且化險為夷。東坡作〈定風波〉之時，雖然已經逐漸從烏臺詩案所籠罩的陰影中走出，然而，經歷一次幾乎喪身，驚心動魄的震撼教育，要在短期之內消逝抖顫，終究是一件難事；再者，當時的東坡正身處在黃州編管「留置查看」的逆境之中，那麼，詞中所描述的種種情景與心境，便可以「看作是他對不幸遭遇的一種『精神抵抗』」。[28]但是這種「精神抵抗」的意義是積極而正面的，那並不是麻痺或封閉自我的隔絕，如果把東坡的隨緣安時和樂天知命，解讀為只是自我寬解、自我安慰或自我麻醉的精神勝利，未免小看了東坡的生命基調：

> 蘇軾的超邁放達、隨遇而安不能視之為一種不得已而為之的苟且偷安，而應看作是在當時異常險惡的現實生活中以及敵黨必欲置其於死地而後快的情況下所採

---

27 楊海明：〈「新天下耳目」的蘇軾詞〉，《唐宋詞史》（高雄市：麗文出版事業公司，1996年2月），頁356-359。
28 楊海明：《唐宋詞史》，頁359。

的一種處世藝術……。[29]

對蘇軾來說，當時第一是存有生命，再來才是往後的發展，生命的保有之後，才有實現人生理想的可能。而這種存命而實踐理想的處世之道，能夠形成一種藝術，必定是有徹悟的心靈與開朗的性格。東坡在詞中提到的「微冷」，固然是「寫實」，然而卻也是在處世藝術中迴蕩出一點寒顫的沁冷！可是，既然坦蕩的胸懷擁抱「誰怕」的自信，這微微刺傷終究會消散。

於是，我們在〈定風波〉中視見一種處世藝術，一種哲理式的人生思索，這種以平凡而現實的題材，發抒真實的主體意識，省視自我的心靈，讓為情造文的豐沛感動，在字裡行間充分流洩：「東坡詞主體意識的強化，抒情主人公的變異，打破了舊的抒情程式和詞的創作心理定式……把題材的取向從他人回歸到自我，像寫詩那樣從現實生活中擷取主題，捕捉表現的對象，著重表現自我、抒發自我的情志，把代言體變成言志體。」[30]同時也不同於多數的詞，由普遍而廣泛的抒情模式，向具體化的事實靠近。小序中，東坡交代了事情的緣起及緣事而發的創作動機，也明確地有著情感的指向。於是，詞序中「同行皆狼狽」，更襯托著文本中東坡

---

29 程林輝：〈蘇軾的人生哲學〉，《中國文化月刊》192期（1995年10月），頁84。

30 王兆鵬：〈論「東坡範式」──兼論唐宋詞的演變〉，《名家解讀宋詞》（濟南市：山東人民出版社，1991年1月），頁245。

「一蓑煙雨任平生」的獨特人生態度。東坡的〈獨覺〉詩也說:「翛然獨覺午窗明,欲覺猶聞醉鼾聲。回首向來蕭瑟處,也無風雨也無晴。」(後集,卷六,頁490)尤其可見東坡對於「也無風雨也無晴」境界之嚮往。

六　結論──生命的堅持

　　驟雨和急風之後,常是平靜的雲開天青。自然界是如此,人生的過程不也是這般?

　　如果,歲月在生命歷程中刻劃屢屢傷痛,我們是否能瀟灑自在、淡然處之?如果,重重湍流一再侵襲,我們終究可以隨遇而安、寬容以待?

　　放置在偶然的時空背景下,東坡為自己檢視了一個在平凡的風景和日常生活中超越風雨、超越個人政治跌宕與超越實境的思維。這一曲生命之歌,表明生活的真相,也表達他如何面對困境。如何進行一場雋永有味的人生品賞。

　　飽經風霜的老松,歷經滄桑而彌堅,孤高寂寞、流言蜚語所帶來的精神創傷,藉由平凡與困苦的生活中品嘗生活的樂趣與歡欣而康復。超曠自得的樂觀情懷,幫東坡化解許多人生道路上的重重阻擾。

　　東坡在這貶謫生涯裡,實踐著命限中自我抉擇的態度,貶官安置、薪俸微薄、環境貧瘠等因素,非東坡所能變異;東坡可以努力的,是在一個遠離權力中心的窮鄉僻壤修養心性,讀書著述:從現實生活中複雜而對立的官場鬥爭裡抽

離,寬解漩渦中的憂幻;而讓波瀾之後平復內心、舒緩情緒的良方,便是在佛道哲理中求取精神寄託,進而超然悟性。

在身逢逆境之後,受傷的心靈總渴望順樂之境的到來。然而,禍福相依,在悲喜的矛盾兩端,終究都不免激動內心,衍生波瀾。那麼,最有智慧的感悟,該是什麼?顏師崑陽說:

> 境遇是外在、客觀的,對於我們來說,它是「命限」,無從選擇,只能去遭遇與接受。但以什麼態度、心情去面對客觀的境遇,卻在主觀上可以自我抉擇、做主。……面對順逆二種境遇,人也有三種「心境」:一是處順境的「樂境」,二是處逆境的「苦境」,三是超越苦樂的「寧境」;「也無風雨也無晴」便表徵了這種「寧境」。[31]

當混亂的情緒獲得澄清,淨化的心靈不再為物己喜悲而衝擊,「焚香默坐,深自省察,則物我相忘,身心皆空,求罪垢所從生而不可得。一念清淨,染汙自落,表裡翛然,無所附麗。」(〈黃州安國寺記〉,前集,卷三三,頁360)生活中的憂幻,「也無風雨也無晴」,沒有雨晴,亦無順逆,而是一種寧靜和諧的境界。詞中的人生意義,正是東坡飽經憂患

---

[31] 顏崑陽:〈蘇辛詞選釋:定風波〉,《蘇辛詞》(臺北市:臺灣書店,1998年3月),頁84。

的遭遇和他的心理機制所帶來一種豐厚餽贈：

> 到黃州的我是覺悟了的我，……蘇東坡的這種自省，不是一種走向乖巧的心理調整，而是一種極其誠懇的自我剖析，目的是想找回一個真正的自己。他在無情地剝除自己身上每一點異己的成分，那怕這些成分曾為他帶來過官職、榮譽和名聲。他漸漸回歸於清純和空靈，在這一過程中，佛教幫了大忙，使他習慣於淡泊和靜定。艱苦的物質生活，又使他不得不親自墾荒種地，體味著自然和生命的原始意味。這一切，使蘇東坡經歷了一次整體意義上的脫胎換骨，也使他的藝術才情獲得了一次蒸餾和昇華，他，真正地成熟了……，成熟於一場災難之後，成熟寂滅後的再生，……[32]

當我們把眼光放置在東坡、放置在緊近死亡邊緣後收容他的黃州、放置在留黃三年的元豐五年、放置在一場再平凡不過的雨後初晴，卻閱讀著一幕激情之後的收斂與曠達、吟詠著一曲對生命美好的堅持。東坡在坎坷道路上形成的領悟與自覺，尋找真正的自我，咀嚼東坡〈定風波〉之後，也許最該讓我們稱頌的，不在於他冤獄之後詩詞風格與思想心

---

[32] 余秋雨：〈蘇東坡突圍〉，《山居筆記》（臺北市：爾雅出版社，1995年8月），頁110-111。

境的改變,更不在於他對風雨來襲從容不迫的灑脫與能耐,而是一種對於自我生命本質的認清與堅持。

──發表於《華梵大學第一屆生命實踐學術研討會論文集》（臺北市:萬卷樓圖書公司,2004年）。

傾訴與聆聽
──試論東坡與參寥的情誼

摘要

　　本文旨在論說蘇軾與參寥的契合情誼。從〈八聲甘州・寄參寥子〉一詞，談參寥對於東坡「許國深衷」的瞭解，及東坡以翰林學士承旨召還，一別參寥之慨。

　　本文原發表於《歷史月刊》，例未加註，以原貌呈現。

關鍵詞：蘇軾、參寥、唱和、八聲甘州

日久見人心。時間，往往考驗著友情是脆弱一擊，抑或久長甚且越陳越香。

王水照先生及崔銘先生合著之《智者在苦難中的超越：蘇軾傳》一書中曾提到：在長期坎坷與患難的考驗中，能稱得上是與東坡始終親密無間的朋友，都是一些被他稱為具有君子風範者。「老友陳慥……是青年時代使酒弄劍，指點江山的摯友，中年時代患難與共，以道互律的知音，……蘇軾忽然又遷謫嶺海，消息傳來，陳慥憂心如焚，立即遠寄書信，決心步去惠州探望。……方外摯友參寥先已派人到惠州專程問候，蘇軾再貶儋州之後，他放心不下，想帶著徒弟穎沙彌自杭州浮海赴儋州。……甚至還有人賣掉了所有家產，準備帶著妻子兒女前來荒蠻的海島，……這個人就是蘇軾的舊友，臨淮人杜輿，……最為感人的是蘇軾同鄉老友巢谷，……得知蘇軾兄弟又遭不幸，遠謫嶺海，他竟以七十三歲高齡，瘦瘠多病的身體，毅然從四川徒步赴嶺外。見到蘇轍後，繼續往海南進發。……」

陳慥、參寥、杜輿、巢谷、王箴、蘇門四學士等至親友生……，平凡的百姓、雲遊四方的詩僧，在面對「不合時宜」的東坡之時，也是如此「不合時宜」的給他精神上的支援。德不孤，必有鄰，擁有知音的伴隨，在東坡充滿迫害與屈辱的生命波瀾中，是鼓勵，也是慰藉。然而，在看似不少友誼支持的背後，都是充滿詭譎多變的政治氣氛。和東坡些許的碰觸，往往被貼上黨派的標籤，或者和東坡同時被貶，或者被迫還俗。

那麼，以東坡在仕途上的變動遷徙，理當建立無數的人際網路與友朋。但是，在非常時刻，肯為東坡兩肋插刀、說句公道話，或者給予精神上的撐持者，卻又屈指可數。「黃州豈云遠？但恐朋友缺。」（〈岐亭五首其一〉）是希冀，卻也是一種無奈。

余德慧先生在《中國人的自我蛻變——破繭與超越》一書中提到：「人與人的接觸點必須打從內心的善意與信任起始，然後懂得在人與人之間建立一來一往的語言橋。」東坡想見朋友的欲望，乃是一種十分微妙的心理作用，尤其歷經一次次的宦海浮沉，渴望珍貴而無價，來自於友朋真誠的心靈慰藉，當是熱切的。而詩僧參寥，便是一個「多次幫蘇軾化險為夷」、與蘇軾終生交往的「關鍵人物」。（易照峰《蘇東坡之飲酒垂釣》）

性情相投　時相唱和

參寥，原姓何，是於潛浮溪人，東坡代為更名道潛。他自小即茹素，東坡稱他「詩句清絕，與林逋上下，而通了道義，見之令人肅然」。（《蘇軾佚文彙編》）而《冷齋夜話》提到「東吳僧道潛，……作詩云：風蒲獵獵弄輕柔，欲立蜻蜓不自由。五月臨平山下路，藕花無數滿汀洲。東坡赴官錢塘，過而見之，大稱賞。已而相尋於西湖，一見如舊。」這段記載雖不一定可信，卻也透露出東坡欣賞參寥詩才的訊息。

東坡〈參寥子真贊〉說他「身貧而道富，辯於文訥於口，外炷柔而中健式。於人無競而好譏友之過」。而蘇過

《斜用集・送參寥道人南歸敍》則說他「性剛過不能容物，又善觸忌諱，取憎於世，……其徒語參寥子者必曰是難與處，士大夫語參寥子者，必曰是難與游，然參寥子之名益高，豈非所有君子之病者？夫使參寥善俯仰與世浮沉，難人人譽之，余安用哉？」參寥是一個「勁節凜凜橫九秋」（蘇過〈送參寥師歸錢塘〉）的僧人，他耿直的個性不容於官場或者一般世俗之士，但卻仍堅持直言他人錯誤，指明善惡是非，不吐不快。或許東坡之所以和參寥形成莫逆之交，因而相知相惜，和參寥耿介直言的個性與處世態度有一定關係。

查慎行《蘇詩補注・次韻僧潛見贈》下補錄引《施注蘇詩》云：

> 東坡守吳興，會於松江。坡既謫居，不遠二千里相從於齊安。留期年，遇移汝，同遊廬山。有〈次韻留別詩〉。坡守錢塘，卜智困精舍居之。入院分韻賦詩，又做〈參寥泉銘〉。坡南遷，遂欲轉海訪之，以書力戒，勿萌此意，自揣餘生必須相見。當路亦捃其詩語，謂有刺譏，得罪，反初服。建中靖國初，曾子開在翰苑，言其非罪，詔復薙髮。

參寥與東坡，這份生死不渝的至交，源始於杭州，並且深交於徐州，是東坡貶謫黃州的患難之交，又重逢於杭州。在東坡貶至瓊州時，他意欲度嶺過海探視東坡，甚且還因與東坡關係匪淺而一度被迫還俗。（蘇淑芬教授曾於〈蘇軾與

參寥子交游考〉,《國立編譯館館刊》(1995年6月,第24卷第1期)一文中,詳細探討東坡與參寥的交游情況,可參考。)

無情天地　稀有問候

　　元豐初年,參寥至徐州探訪東坡,〈訪彭門太守蘇子瞻學士〉詩中有「風流浩蕩播江海,燦若高漢懸明星」的稱美之詞。兩人相遊,參寥有〈陪子瞻登徐州黃樓〉、〈次韻子瞻飯別〉之作;東坡則有〈次韻僧潛見贈〉、〈次韻潛師放魚〉等作。當參寥離開徐州,東坡憶起相偕遊賞之情,於是在〈答參寥〉一文中:「別來思企不可言,每至逍遙堂,未嘗不悵然也。為書勤勤,不忘如此。」流露出對好友的思念之情。

　　當蔡確與李定等黨人準備策動排除異己的行動時,參寥欲為東坡行了一程朝廷之路,到徐州報信:「邇來旅食寄梁苑,坐歎白日徒盈虛。彭門千里不憚遠,秋風疋馬吾能征。」(〈訪彭門太守蘇子瞻學士〉)在風聲鶴唳的政治風暴中,遠離漩渦,方是自保之道,但為了好友,參寥可以不顧自己的安危,在變色風雲裡為東坡探一絲可能的風向。

　　及至東坡貶謫黃州,對於人情冷暖,想必有更深感慨吧!東坡在〈答李端叔書〉中,表達對於失去親朋問訊的強烈失落:「得罪以來,深自閉塞,……平生親友,無一字見及。有書與之亦不答,自幸庶幾免矣。」余秋雨先生《山居筆記‧蘇東坡突圍》說:「初讀這段話時十分震動,因為誰都知道蘇東坡這個樂呵呵的大名人是有很多很多朋友的。日復一日的應酬,連篇累牘的唱和,幾乎完了他生活的基本內容,

他一半是為朋友們活著。但是，一旦出事，朋友們不僅不來信，而且也不回信了。他們都知蘇東坡是被冤屈的，現在事情大體已經過去，卻仍不願意寫一、兩句，哪怕是問候起居的安慰話。蘇東坡那一封封……的信，千辛萬苦地從黃州帶出去，卻換不回一丁點兒友誼的訊息。」憑心而論，沒有人會在明知有地雷的區域中去碰動那稍有閃失便一觸即發的爆炸，因此，東坡就算是「假釋出獄」，被誣陷的「罪人」，卻只能換得朋友「明哲保身」的淡漠。於是，在這種眾人相應不理的狀況下，參寥的問候，無疑是超越尋常的回饋。

也許，在失意的仕宦生涯裡，是沒有資格廣結善緣的。許多舊時的朋友沒有回信，雖不必代表排斥或者敵意，卻從中看出人情冷暖。但元豐三年（1080）七月，東坡貶黃半年，參寥從千里之外帶來致問，讓東坡對患難之交有更親切的情意，甚至也可能帶有感激。東坡的〈答參寥書〉便言：

> 去歲倉促離湖，亦以不一別太虛參寥為恨……到黃已半年，朋遊常少，思念公不去心。……僕罪大責輕，謫居以來，杜門念舊而已，雖平生親識，亦斷往還，理故宜爾。而釋老數公，乃復千里，致問情義之厚，有加於平日。

如果說，人生是脫離了瑣碎事物而構成的話，那是否會只是一個毫無生氣、脫離現實世界的靈魂？即使只是捎來一封千里致問的訊息，卻遠比金錢的資助來得可貴！在東坡的

人生點上,更是精神支柱的強樑。於是,參寥子在無情天地裡稀有的問候所帶來的恩惠,如同寂滅後的再生、冷酷中的暖流,這難道不是最值得歌詠的友誼?

也許東坡無法透視這個朋友究竟怎樣看待這份友誼,但從東坡在黃州與參寥至少四次書信往來,便能證明:參寥同樣也以豐厚的情意對待東坡,而元豐六年清明,參寥從杭州至黃州探望東坡並與之共遊西山,更是兩人深化情誼的註腳。〈參寥泉銘〉云:「予謫居黃,參寥子不遠千里從予於東城,留期年。嘗與同遊武昌之西山。」並且詠詩唱和,如參寥作〈次韻少游和子瞻梅花〉,東坡答以〈再和潛師〉:「故將妙語寄多情,橫機欲試東坡老。」

這期間與參寥亦曾數度出遊,如〈記游定惠院〉云:「黃州定惠院東小山上,有海棠一株,⋯⋯今年復與參寥師及二三子訪焉,⋯⋯」、〈師中庵題名〉;「元豐七年二月一日,東坡居士與徐得之,參寥子步自雪堂,⋯⋯」,更可見兩人之交情匪淺。

元豐七年,東坡將離開黃州,參寥作〈留別雪堂呈子瞻〉:「策杖南來寄雪堂,眼看花絮又風光。主人今是天涯客,明日孤帆下淼茫。」東坡作〈和參寥〉:「芥舟只合在坳堂,紙帳心期老孟光。不道山人今忽去,曉猿啼處月茫茫。」透露著孤寂而依依不捨的深情。

深厚情誼 有詞為證

落難的生活,有許多深刻的記憶在東坡與參寥之間發

酵,詩歌與書信往來與唱和,多少彌補相隔兩地的遺憾。如果說要參透兩人情誼,筆者以為:閱讀東坡「從至情流出,不假熨貼之工」。(鄭文焯〈大鶴山人詞話〉)〈八聲甘州,寄參寥子〉這闋詞,最能看出兩人的堅固友情:

> 有情風萬里卷潮來,無情送潮歸。問錢塘江上,西興浦口,幾度斜暉?不用思量今古,俯仰昔人非。誰似東坡老,白首忘機。記取西湖西畔,正春山好處,空翠煙霏。算詩人相得,如我與君稀。約他年、東還海道,願謝公雅志莫相違。西州路,不應回首,為我沾衣。

關於此闋詞寫作年代,歷來有不同說法。其一為〈蘇文忠公詩編註集成總案‧卷四十一〉云:「(丁丑)十二月十九日……寄參寥,作〈八聲甘州〉詞。」王文誥認為:「參寥卻轉海來見,大率由此詞發也。果來,大可免難,此詞當為丁丑作,今附載於此。」但王文誥既為此詞「當為丁丑作,今附載於此」,可見對此詞寫作時間並無確切把握。其二為龍榆生《東坡樂府箋‧卷二》引朱注云:「《漁隱叢話》:東坡別參寥長短句,『有情風萬里卷潮來』云云。其詞石刻後,東坡自題云:『元祐六年三月三(應為六)日。』余以〈東坡年譜〉考之,元祐四年知杭州,六年召為翰林學士承旨,則長短句蓋此時作也。據編辛未。」其三為黃蓼園《蓼園詞語‧八聲甘州》云:「此詞不過歎其久於杭州,未蒙內召耳。」其四為《東坡詞論叢》載王仲鏞〈讀蘇軾〈八聲甘

州・寄參寥子〉》一文云：「寫作時間，應當根據傳注本定在元祐四年（1089）蘇軾初到杭州不久。」其五為近人《蘇軾詞選》云：「此詞是作者元祐六年從汴京寄贈給他的，時蘇軾在京任翰林學士，道潛在杭州。」

而王水照《蘇軾詞賞析集》〈八聲甘州‧寄參寥子〉中說：「以上五說，以第二說為勝，南宋胡仔《苕溪漁隱叢話‧後集》卷三十九說：其詞刻石後，東坡自題云：「元祐六年三月六日。」余以《東坡年譜》考之，元祐四年知杭州，六年召為翰林學士承旨，則長短句蓋此時作也。」蘇軾離杭時間為元祐六年三月九日，則此詞當是蘇軾離杭前三天寫贈給參寥的。這是一：又南宋傅榦注《注坡詞》卷五此詞題下尚有『時在巽亭』四字。巽亭在杭州東南，《乾道臨安志》卷二：『南園巽亭，慶曆三年郡守蔣堂於舊治之東南建巽亭，以對江山之勝。』蘇舜欽〈杭州巽亭〉詩：『公自登臨闢草萊。赫然危構壓崔嵬。涼翻簾幌潮聲過，清入琴尊雨氣來。』蘇軾當時所作〈次韻詹適宣德小飲巽亭〉：『濤雷殷白晝。』這都說明巽亭能觀潮，與本篇起句相合，而且說明蘇軾可能曾遊過此亭，就在巽亭小宴上與詹適詩歌唱和。這是二；詞中所寫景物皆為杭地，內容又係離別，這是三。故知其他四說都似未確。」關於蘇軾此詞寫作的時間，本文以王水照先生說法為準。

錢塘潮水，究竟是有情還是無情？也許江水的來去，只是自然界中無關情緒的規律，是不帶任何情感的，但是對於時而志意未成的挫敗，或時而被召還朝戮力為國的政治波瀾

中起伏的詩人而言，潮水起落如同人事感懷。對一個雲遊四海的僧人參寥來說，在來去之間，和蘇軾的相遇似同一陣風，將潮水從萬里之外席捲而來，總是有原因的。畢竟，一定有「情」，才能帶來萬里之外的海潮，向自己靠近，這不就是代表參寥和自己默契與情誼的深厚嗎？人生的聚散猶如潮水般，忽而才來又匆匆逝去，一旦相見，又必須建構另一個離別的開始。有情與無情風潮的來去，其中暗藏著一份人世之間離合與盛衰的感慨，卻又涵蘊著友朋間的摯愛。

東坡因烏臺詩案被貶謫至黃州，參寥便至黃州與他共住一年；東坡離開黃州到汝州上任途中經過九江，相遇參寥，又與之同遊廬山；東坡二度至杭州任官，參寥仍是出現在旁。有東坡的足跡，也總少不了長途跋涉相隨同伴的參寥。這樣的朋友，已可算是摯友了吧！然而，參寥與東坡的交情尚不只此！書寫這闋詞時，東坡一定沒想到自己會有被貶至海南的一天吧！也更不會想到——即使被貶謫到嶺南惠州，參寥依舊千里迢迢地到惠州一探老友究竟，甚至在東坡被移至海南化軍安置時，堅持要渡海同行！

為了知音　不惜負罪

在這交通不發達的時代易地而行，少則數天，多則數月，能有一、兩次探訪已是難得，再加上東坡這「『帶』罪之身」，和他往來，無疑是一種「拖累」。可貴的是參寥不以為意，為了老友，路途不遠；為了知音，負罪不惜，難道是參寥為了回應東坡「算詩人相得，如我與君稀」的真心之語

嗎？然而，更該相信的是：這是東坡的識人之深。

參寥欲相隨東坡至海南的心意，是最真誠的情摯。而這一次，東坡拒絕了好友的雪中送炭，在「魑魅逢迎於海上，寧許生還？」無可確定的艱險未來中，能平安渡過大洋已是有幸，然而既是「垂老投荒，無復生還之望」，又何必讓相知相惜的朋友為了自己而斷送生命？

陳師新雄《東坡詞選析》云：「若無先前的交誼，怎麼能有後來的追思不已呢？一般寫挽詞，一首是常事，三首就不多見，……而參寥子一共寫了十五首，……若無深情，怎麼可能寫得出來呢？……『算詩人相得，如我與君稀。』」所稀者，一般的詩人，不能瞭解蘇子內心深處的許國深衷，而參寥子自始至終，都能充分瞭解，這種知己難得之感實在是稀之又稀的了。」

嘉祐六年（1061），東坡出任鳳翔府判官。面對第一次和弟弟蘇轍分手，讓東坡獨對寒燈時，想起了早日退官的舊約；而離別參寥，面對潮起潮落與人生波折，讓東坡想起了謝安的東還雅志；「約他年東還海道，願謝公雅志莫相違。」如果不是知己，又怎會有類似「寒燈相對記疇昔，夜雨何時聽蕭瑟？君知此意不可忘，慎勿苦愛高官職」的心情？

「不應回首，為我沾衣。」也許是一種否定語氣，然而「願謝公雅志莫相違」似乎也表達著東坡面對生死離別之際，猶然存有一份憂懼與疑慮。正如洪亮《蘇東坡新傳・蘇堤春曉》所說：「期望之中，流露憂恐之意，一則對應召還朝不免有憂讒畏嫉之心，再則對年命無常也不免有生死離別

之慨。」

　　謝安與羊曇的故事是親人之間期望的遺憾，放置在入朝出朝毫無定則而又讒言擾攘的時空中，難免又觸動人心，而這次卻是友朋之間的約定──倘若東坡還退隱之日，便能與參寥再續友情。

　　東坡與參寥相識，因每遇貶謫，參寥總不遠千里相從，遂受到牽累被迫還俗。對於一個「道人胸中水鏡清，萬象起滅無逃形」參透紅塵的高潔之士，逼迫流入世俗，這不啻是一種羞辱。但參寥終究和東坡一樣，即使被蒙棄遭難，仍保有不變的節操，「雲散月明誰點綴？天容海色本澄清」。清朗人格，終有撥雲見日的一天。

　　葉嘉瑩教授云：「道是無情是有情，錢塘萬里看潮生。可知天風海濤曲，也雜人間怨斷聲。」「天風海濤之曲」與「幽咽怨斷之音」組合成這首撼動人心的詞作，其中最讓人動容的是深刻而無矯揉造作的「友情品質」，更使人體會友誼之所以能贏得對方的感激，無非是兩個人在相互誠懇的對待中獲得的回饋。在傳統的觀念裡，傾訴與聆聽、發洩與安慰，似乎是一種不變的「秩序」，但能讓這種刻板的秩序昇華成刻骨銘心的情節，卻是十分不易。

留予後人　醍醐之飲

　　參寥子〈別蘇翰林〉說：「四海窺人物，其誰似我公？論交容為契，許國見深衷。漸遠吳天月，行披禁殿風。玉堂清夜夢，解后過江東。」東坡去世，參寥以〈東坡先生挽

詞〉十五首哀悼,其中有「博學無前古,雄文冠兩京。筆頭千字落,調力九河傾。雅量同安石,高才類孔明」、「畫圖雖不上凌煙,道德芬芳滿世間。遼鶴已歸東海去,烈仙風骨苦為攀」等句。能被摯友深刻的瞭解與惦念,也許,東坡真是了無遺憾。

　　在東坡達觀而瀟灑翩翩的風度中,猶然隱藏著一種濃郁追求解脫的情懷。險象環生的政治圈裡,慷慨陳詞與耿耿忠心,卻換得更多的寂寞與惶恐,難以言說的孤獨,最容易教他擺脫世俗的亂象紛擾,追尋一個心靈桃花源,在「小舟從此逝,江海寄餘生」的逍遙境界裡填補傷口;嚮往一個沒有污穢不堪的山水、沒有口舌詭辯的天地,在無法對話的地方尋找能夠對話的契機。這種情懷的釋放與消解,當然也唯有與他相知相識的參寥子最能瞭解。

　　如果參寥大師只獨自留在空曠而寂靜的深山中閉關,封閉人間喧鬧,也許就沒有東坡與參寥建立相知相惜的人生對話;如果東坡沒有「算詩人相得,如我與君稀」的體會,也許在政治險惡的衝擊中更加只能步伐蹣跚、踽踽獨行。能夠用友誼在人生行旅中灌溉,總會減少憾恨與寂寞。

　　而誰,是我們一生當中,最值得回憶與珍惜的老朋友?

　　東坡與參寥在人生歷程中的契合與邂逅,如同當頭棒喝,在這人情薄弱的時代,總該給我們些許啟示,如同一盅醍醐之飲。

　　　　　　　──發表於《歷史月刊》,第162期(2001年7月)。

天容海色本澄清
——東坡〈六月二十日夜渡海〉詩的人生境界

摘要

　　生命可以悔怨交加、滿腹牢騷，也可以波瀾不驚、雲淡風輕。蘇軾的心緒曲折，在其生命情節所形成的特殊經驗，無疑是文學家中值得探索的焦點。

　　本文以〈六月二十日夜渡海〉一詩為討論核心，從蘇軾的謫黃、入惠等生命經驗為起，探索其既有順境、亦有逆境的起伏心緒，進而以〈與王敏仲書〉、〈到昌化軍謝表〉等為輔，將其淒清絕望的感受在面對不堪的境遇中，坦然接受、承擔的內在轉換進行表述；其次就〈六月二十日夜渡海〉一詩進行分析，從「參橫斗轉」的渡海時序和「也解晴」的空間意象，表達絕處逢生、柳暗花明的現實轉機與風雨轉晴的心緒。「雲散月明誰點綴？天容海色本澄清。」的疑問，是對於貶謫海南生涯的回顧與微顫，更是對自我品格堅持與肯定的昂然之姿。以「魯叟」與「軒轅」的典故表示言外之意，更是悲欣交集的寫照。而方回《瀛奎律髓》所說的「當此老境，無怨無怒，以為茲游奇絕，真了生死，輕得表天人也。」即是此詩的精神所在。

關鍵字：貶謫、北歸、典故、曠達與淡泊

生命的悲喜，固然受到外在環境的左右，但是個人的生活態度、與世哲學，卻是哀樂的真正關鍵。對於蘇東坡來說，生命歷程不乏順境坦途、平步青雲的輝煌時代[1]，但是憂患磨難、宦海沈浮的日子，卻是他大半生的寫照[2]。從新舊黨派的鬥爭開始，歷經烏臺詩案貶謫黃州、以至貶謫惠州、儋州，蘇東坡可說是飽經挫折、嘗盡滄桑。然而蘇東坡卻靠著自己超越曠達的心靈與精神面對這一連串的風雨飄搖，不僅承擔這些漣漪水波、大風巨浪而成為生命歷程中的寶貴經驗，更將這些體認領悟轉化為篇篇文采，融鑄文學生命。如果我們因此而說蘇東坡生性樂觀、閒適自怡，對於大起大落的際遇皆泰然處之，倒也不盡然。他不是也說：「宏材乏近用，巧舞困短袖。」（〈次韻答章傳道見贈〉）[3]、「誤落世網中，俗物愁我神。」（〈次韻王定國書丹元子寧極齋〉）[4]嗎？一首〈西江月——世事一場大夢〉，其實就是寫蘇東坡的貶謫心境。藉著詞作發抒內心慨嘆，表達人世無常的淒涼感受：

　　世事一場大夢，人生幾度新涼。夜來風夜已鳴廊，看

1　哲宗元祐年間，東坡由禮部侍郎轉為翰林學士兼侍讀，太后與皇帝均重用之，此時為東坡官宦生涯之順境。

2　東坡貶黃州、惠州、儋州，為小人所迫害，故貶謫生涯占東坡一生的極大部分。

3　見王文誥：《蘇文忠公詩編註集成》（臺北市：臺灣學生書局，1987年10月三刷），頁1931。

4　王文誥：《蘇文忠公詩編註集成》，頁3273。

取眉頭鬢上。　酒賤常愁客少，月明多被雲妨。中秋誰與共孤光，把琖淒然北望。[5]

但是可貴的是東坡並不因此而消極頹喪。初至黃州的失意就在躬耕田野、情寄山林的悠閒中被曠達情懷所取代。〈定風波——黃沙道中遇雨〉正是蘇東坡心情轉變的最佳明證：

莫聽穿林打葉聲，何妨吟嘯且徐行。竹杖芒鞋輕勝馬，誰怕，一簑煙雨任平生。　料峭春風吹酒醒，微冷，山頭斜照卻相迎，回首向來蕭瑟處，歸去，也無風雨也無晴。[6]

由得意官場而外放杭州，由捲入詩案到貶謫黃州，又由初到黃州的失意轉為寬心，東坡已然到達「我行無南北，適意乃所祈。」(〈發洪澤，中途遇大風，復還〉)[7]、「我生百事常隨緣，四方水陸無不便。」(〈和蔣夔寄茶〉)[8]隨遇而安之境界。

「黃州五年的貶謫生活，無疑的替他奠下了嶺南謫放生活的基礎。」[9]嶺南人的親切和宜人景色，把他「岷峨家萬

5　見龍榆生：《東坡樂府校箋》(臺北市：華正書局，1990年3月初版)，卷一，頁121。

6　龍榆生：《東坡樂府校箋》，卷二，頁138。

7　王文誥：《蘇文忠公詩編註集成》，頁1815。

8　王文誥：《蘇文忠公詩編註集成》，頁2138。

9　見羅鳳林：《蘇軾黃州詩研究》(臺北市：國立臺灣師範大學國文研究所碩士論文，1988年6月)。

里,投老得歸無。」(〈望湖亭〉)[10]的心悸消除了,他在〈十月二日初到惠州〉就對嶺南的民情風物加以稱美:

> 彷彿曾遊豈夢中,欣然雞犬識新豐。……父老相攜迎此翁。……嶺南萬戶皆春色。……[11]

「風土食物不惡,吏民相待甚厚。」[12]讓東坡的謫居生活不失安逸,「報道先生春睡美,道人輕打五更鐘。」(〈縱筆〉)[13]更見人情風味。但是,章惇認為「蘇子尚爾快活耶?」所主導的貶謫行動,卻又再次加諸蘇東坡身上,瓊州海峽,分隔了大陸與島嶼,也決定了蘇軾一家別置兩地的命運。紹聖四年(1097)四月,蘇東坡被朝廷貶為瓊州別駕,昌化軍安置,告別寓居惠州生涯。對東坡來說,「萬事到頭都是夢,休休。」(〈南鄉子——重九涵輝樓呈徐君猷〉)[14]的現實苦悶與感慨多為「夜色入戶,欣然起行。」[15]的秀逸情趣和「日啖荔枝三百顆,不辭長作嶺南人。」[16]的安居心情所取代,因此面對貶謫,蘇軾該已是坦然面對,無所畏懼。但是這一次,卻是必須渡海南行,離開大陸,遠到當時尚為蠻荒

---

10 王文誥:《蘇文忠公詩編註集成》,頁3335。
11 王文誥:《蘇文忠公詩編註集成》,頁3358。
12 見〈與陳季常書〉,《東坡集》。
13 王文誥:《蘇文忠公詩編註集成》,頁3464。
14 龍榆生:《東坡樂府校箋》,卷二,頁157。
15 〈記承天寺夜遊〉。
16 王文誥:〈食荔支二首其一〉,《蘇文忠公詩編註集成》,頁3452。

的艱困之地。一方面東坡已六十二歲,是否經得起途勞累;一方面所至又是「地極炎熱,而海風甚寒,……燥濕之氣鬱不能達,蒸而為雲,停而在水,莫不有毒。」[17]之處,難怪東坡對於這次的貶謫早已有心理準備,不抱生還希望。〈與王敏仲書〉便言:

> 某垂老投荒,無復生還之望,昨與長子邁訣,已處置後事矣。今到海南,首當作棺,次當作墓。乃留手疏與諸子,死則葬海外!

東坡以為,這一生離就是永別,〈到昌化軍謝表〉所說的「子孫慟哭於江邊,已為死別;魑魅逢迎於海外,寧許生還。」更加添了渡海時東坡心境的淒涼與絕望感受。然而東坡之所以為東坡,正在於他超曠自由的胸懷,面對再不堪的境界終能坦然承受。史良昭先生云:「對於遠謫者來說,在流放的同時往往能得到一件意外的補償,那就是奇山異水的慰藉。」[18]東坡在仕途上的不順遂乃至於屢遭貶抑,甚至悲哀到入主荒蠻之地,不存任何希望之時,卻得到了恣意享受迥異內陸的島國風情之回報,「春江綠未波,人臥船自流。」(〈和游斜川——正月五日,與兒子過出游作〉)[19]、「小圃

---

17 見《儋州志》。
18 見史良昭:〈儋州三年〉,《浪跡東坡路》(臺北市:漢欣文化事業公司,1990年11月),頁174。
19 王文誥:《蘇文忠公詩編註集成》,頁3550。

散春物,野桃陳雪膚。」(〈五色雀〉)[20]正是閑情東坡的怡然寫照。

東坡忘卻貶謫之悲,遊於山水之間,同時對於黎民生活也多有重視,「總角黎家三四童,口吹蔥葉送迎翁。莫作天涯萬里意,谿邊自有舞雩風。」(〈被酒獨行,遍至子雲、威、徽、先覺四黎之舍〉)[21]就是儋州的生活紀實,一方面言生活的純真樸實,一方面也說明海南孩童亦能習文知禮,使荒陬之地也「書聲琅琅,弦歌四起。」[22]

從紹聖元年(1094)的哲宗親政,章、蔡用事,東坡被貶英州、惠州、以至於儋州,共歷七年,元符三年(1100)東坡終於遇到大赦天下,從海南移廉州安置。「天其以我為箕子,要使此意留要荒。」[23]「我本儋耳民,寄生西蜀州。」[24]南遷海外,東坡早已不抱回鄉希望,然而政權的移轉,卻又帶引著重回中原的契機,這無疑在東坡日漸平凡淡然的生命中又激起一些漣漪。總觀這貶居生涯,正是一段段悲喜交織的故事串連著,東坡一再的人生起落,心緒難免高低起伏,但是太多的遭遇,似乎造就了東坡「隨緣自娛」[25]、「隨緣委

---

20 王文誥:《蘇文忠公詩編註集成》,頁3568。
21 王文誥:《蘇文忠公詩編註集成》,頁3554。
22 見王國憲:《重修儋州志序》。
23 王文誥:〈吾謫海南,子由雷州,被命即行,了不相知,至梧乃聞其尚在藤也,旦夕當追及,作上詩示之〉詩,《蘇文忠公詩編註集成》,頁3487。
24 王文誥:〈別海南黎民表〉,《蘇文忠公詩編註集成》,頁3584。
25 〈答李琮書〉,《東坡集》。

命」[26]的處世哲學，在明瞭這層意涵之後，再來體會這首北歸之詩——〈六月二十日夜渡海〉當更能深刻地明白東坡此時此刻的心情：

參橫斗轉欲三更，苦雨終風也解晴。雲散月明誰點綴，天容海色本澄清。空餘魯叟乘桴意，粗識軒轅奏樂聲。九死南荒吾不恨，茲游奇絕冠平生。

詩作首聯從渡海時所見的天象景色寫起：「參橫斗轉欲三更，苦雨終風也解晴。」參橫斗轉，是六月二十日「夜」間「渡海」北歸途中之所見，「欲三更」則是就所見景象所下的判斷。曹植的〈善哉行〉說：「月沒參橫，北斗闌干。」而《宋史‧樂志‧奉禋歌》也云：「斗轉參橫將旦，天開地闢如春。」參星橫空，斗宿位移，在中原來說是天將黎明之時所具的景象，而在海南的六月二十日，卻是三更時刻之所見，王文誥便說明了中原與海南之不同：「海外測星與中原異，蓋天水一體，皆高於北而南去則低也。……粵中六月下旬至天將旦，……東望則紫參亦上，若以此較六月二十日海外之二、三鼓時，則參已早見矣，……此句與內地不合。」[27]原來在三更時分的海外，早已能看見參星橫斜，北斗轉向。深夜北渡，東坡面對浩瀚宇宙、寧靜清波和閃耀星空，不禁發

26　〈與程德孺書〉，《東坡集》。
27　王文誥：《蘇文忠公詩編註集成》，頁3588。

出內心的慨嘆：淫雨霏霏，終日暴風的惡劣天氣終於過去，取而代之的是一片清朗。「苦雨」是持續長久的綿雨[28]，「終風」則是終日的大風[29]。苦雨終風，天氣陰霾，卻在渡海的夜裡改觀了，仰首望天，黑雲撥散，但見星斗臨空，晴朗天色終於驅散連綿風雨。因此「苦雨終風也解晴」是一種風雨後的寧靜心喜。就時間順序來說，「苦雨」句是先於「參橫」句的：

　　　苦雨終風→晴→參橫斗轉

在風雨轉晴之後，抬頭仰望，方能見星光耀天，天氣是由雨轉晴，不也正代表詩人的心境像絕處逢生，柳暗花明又一村的欣喜嗎？表面上看來，這是夜間渡海所見的景色，但恐怕隱含的意義不只如此吧！貶謫生涯，雖然早已將東坡訓練得寧靜自得，不為仕宦功名所羈絆，但是對於朝廷的大赦，總也有撥雲見日的感慨吧！《詩經‧邶風‧終風》用終風比喻衛莊公的暴行狂亂，以東坡個性，當然不可能影射在位君主，但是或許隱喻朝政吧！朝政的變化，章惇、蔡卞的被黜，似乎朝廷將要出現新的局面。朝廷以德治國，福澤百姓，正是蘇東坡所希冀啊！即使身貶海外，東坡依然掛念家國，朝事有轉機，正如竟日風雨轉為麗天，這是就隱喻朝事

28　東坡運用《左傳‧昭公四年》：「秋無苦雨。」之語。
29　《詩經‧終風》有：「終風且暴，……終風且霾，……終風且曀，……」之語，毛傳云：「終日風為終風。」

來說。另一方面,這二句也是東坡微妙心境的寫照。流放嶺南更至海外,當聞知被赦可北歸之時,尚有「餘生欲老海南村,帝遣巫陽招我魂。」(〈澄邁驛通潮閣〉)[30]的疑問和略帶激情,但是真正渡海時,卻又是一種風雨過後寧靜無波的心態,似乎一切不如意就在雨停風歇後畫下句點。

「雲散月明誰點綴,天容海色本澄清。」緊接著上句作反問語,也是對前句的「晴」進一步敘寫:「雲散月明」和「天容海色」是相對的,而「雲散」、「月明」相對,「天容」、「海色」亦各自相對,字句工穩,也生動地描繪出鮮明的形象:雲開月見,天宇透澈,星空皎潔,碧波清盈。而上句以「誰點綴」作問語,下句則用「本澄清」回答,上下呼應。這兩句表面看來是寫景——陰霾已散去,月色皎潔如白,還有什麼雲翳點綴青空呢?而青天碧海本來的面貌就是澄淨無垢,清新出塵的。但是東坡卻妙用《晉書・謝重傳》的典故[31],謝重為會稽王道子之驃騎長史,一夜隨侍在旁,王道子嘆月色之美好,謝重言好月尚有微雲點綴,而王道子戲言謝重居心不淨,想弄污碧月。王道子和謝重的戲語給了東坡靈感,不僅契合渡海當時清風霽月的情景,也正是東坡磊落胸懷的自白。《東坡志林》卷八亦述云:「青天素月,固是人間一快,而或者乃云:『不如微雲點綴。』乃知居心不淨者,

---

30 王文誥:《蘇文忠公詩編註集成》,頁3588。
31 《晉書・謝重傳》:「為會稽王道子驃騎長史,因侍坐,於時月夜明淨,道子歎以為佳。重率爾曰:意謂乃不如微雲點綴。道子戲曰:卿居心不淨,乃復強欲滓穢太清邪!」

常欲滓穢太清。」東坡自己本是坦坦蕩蕩的仁人志士,心地光明,究竟是誰使浮雲遮蔽了明月呢?王文誥說「誰點綴」是「問章惇也」、「本澄清」是「公自謂也」。[32]競爭的激烈,使東坡成為政治是非之下的犧牲品,如果將朝廷比為明月的話,那麼點綴天空而蔽月的烏雲正是處心積慮想要除去與己意不合的人,而章惇不就是其中的代表嗎?如今章惇被黜,也正是「雲散」而「月明」之象徵,「本來無一物,何處惹塵埃?」光風霽月,清波粼粼,本來就不要任何事物來點染,而這不正是東坡內心寧靜的表白嗎?東坡的心靈超然出塵,就如同眼前的景致,澄靜如一,蔽月的雲散了,小人被罷,天下也終於得到澄清,也因此「天容海色本澄清」不僅是寫眼前之景,也寫天下澄清之感,更是表達自己內心不受污染的真實境界。

前面四句,就字面上的表面意義來看,是屬於寫景之句,但卻在客觀的景致描寫中透露出東坡心靈的浮動。這四句在結構來說都是上半段寫景,下半段寫自己心緒感受:

(寫景) → (象徵)	(結果)		(寫情)
參橫斗轉→撥雲見日	否極泰來		欲三更
苦雨終風→無妄之災		(情景相融)	也解晴
雲散月明→小人被黜	澄清誣陷	主觀情懷　客觀景物	誰點綴
天容海色→自身品格			本澄清

32　王文誥:《蘇文忠公詩編註集成》,頁3588。

參、斗、雨、風、雲、月、天、海,都是東坡所見的實景,句句的寫景卻都是詩人的感受。紀昀說:「前半純是比體,如此措辭,自無痕跡。」東坡以寫景之筆寄寓其情,句句都是渡海所見之景,但卻也都是即景抒情。配合東坡的貶謫遭遇和當時的朝廷變異,東坡此詩的言外之意便顯而易見了:哲宗病逝,徽宗繼位,被貶謫的官員內遷,雨後放晴,比喻時局變化,點綴天空的微雲散盡,天容澄清,海色也澄清,天下也因小人被黜而澄清了,而東坡也得以還其本有的澄清貌,自身高尚的品格又怎會因短暫的烏雲遮弄或長久的風雨侵襲而失去呢?東坡〈儋耳〉詩云:

霹靂收威暮雨開,獨憑闌檻倚崔嵬。垂天雌霓雲端下,快意雄風海上來。……[33]

暮雨放晴,倚山憑眺,雌霓下落,雄風海來,比喻的也是小人被罷的時局變化,並且也說明了東坡返鄉歸北的欣喜。和〈六月二十日夜渡海〉的詩意正相契合,兩相互看,更能明白東坡對於回歸內陸的真切感受。快意雄風海上來,天容海色本澄清,大自然的客觀景象,在東坡的主觀領受下,呈現了更豐富的意涵。

詩作前兩聯寓情於景,側重描寫渡海時所見的海天秀色,後兩聯則是自身心緒更真實的表白。「空餘魯叟乘桴

---

[33] 王文誥:《蘇文忠公詩編註集成》,頁3584。

意,粗識軒轅奏樂聲。」這兩句亦妙用典故。《論語・公冶長》載:「孔子曰:『道不行,乘桴浮於海。』」《莊子・天運》言:「黃帝張咸池之樂於洞庭之野。」對於這兩句,諸家說法或有不同,大體上有如下說法:

空餘魯叟乘桴意	粗識軒轅奏樂聲	詩句說法代表
雖懷有如孔子浮海行道的意念,但早已不能不歸於幻沫泡影。孔子欲浮海行道而未果,而今自己雖曾浮海,卻無力行道。	咸池之樂是順乎人事、天理、合乎五德的至樂,比擬道家順應自然,亦即在宦海風波中早已除去榮辱得失。	劉乃昌
在內地與孔子同為「道不行」者,孔子欲到海外行道而不成,東坡雖去,但北歸之時,回想起來,並無實績以自慰,只空有孔子乘桴行道的想法留於心中罷了。	黃帝奏咸池之樂形容大海波濤之聲,粗識其實是熟識。東坡一生遭遇,代表中原文化的軒轅奏樂聲「始聞之懼,復聞之怠,卒聞之而惑。」	霍松林侯會
本打算像孔子「道不行,乘桴於海」在海外了卻一生,那知朝廷又把他召回中原,只留下那乘桴海上的意願,沒有完全達成。	道家的修行才粗略懂得一些,但命運卻不允許他靜下心在海外修身養性,(「軒轅樂」是雙關語,亦可看作是:如今又得以聽到中原音樂)。	朱昆槐
東坡空有孔子當年乘桴的意願,但無夫子那樣崇高的道德學問。	不比孔子的道德崇高,不過粗識漢族的禮樂文化罷了。	吳子厚

空餘魯叟乘桴意	粗識軒轅奏樂聲	詩句說法代表
東坡有孔子「道不行，乘桴浮於海」的意念。	東坡南渡後，亦像聽到黃帝的咸池樂那般，粗識一些玄妙之道。	金性堯
七年遠謫，還朝在望，不再流落海外。	回朝的消息傳來，何異耳聽雅樂之聲。	游國琛

這些說法又大致可以歸納如下：

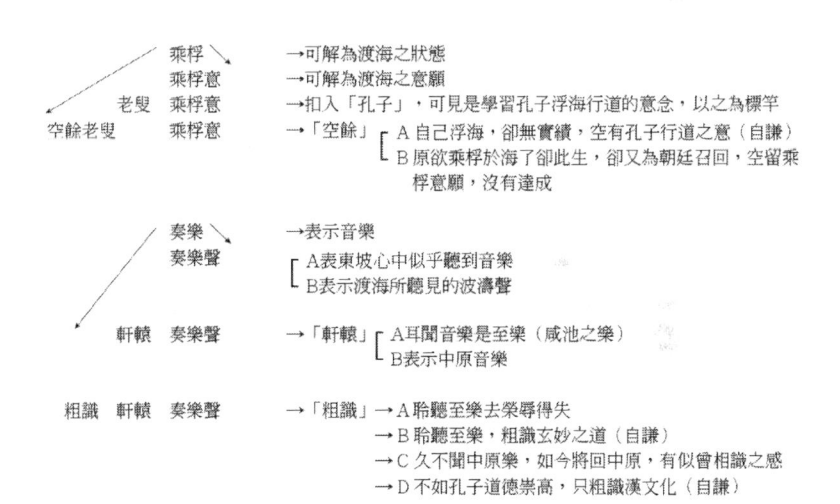

```
              乘桴   →可解為渡海之狀態
              乘桴意 →可解為渡海之意願
        老叟 乘桴意 →扣入「孔子」，可見是學習孔子浮海行道的意念，以之為標竿
空餘老叟 乘桴意 →「空餘」┌A 自己浮海，卻無實績，空有孔子行道之意（自謙）
                         └B 原欲乘桴於海了卻此生，卻又為朝廷召回，空留乘桴意願，沒有達成

              奏樂   →表示音樂
              奏樂聲 ┌A 表東坡心中似乎聽到音樂
                     └B 表示渡海所聽見的波濤聲
        軒轅 奏樂聲 →「軒轅」┌A 耳聞音樂是至樂（咸池之樂）
                              └B 表示中原音樂
粗識 軒轅 奏樂聲 →「粗識」→A 聆聽至樂去榮辱得失
                            →B 聆聽至樂，粗識玄妙之道（自謙）
                            →C 久不聞中原樂，如今將回中原，有似曾相識之感
                            →D 不如孔子道德崇高，只粗識漢文化（自謙）
```

綜合以上觀點，筆者以為就文學的表面意義看，「乘桴」和渡海的狀態是相合的，而「奏樂聲」亦可解釋為耳聞波濤之聲，因為在寧靜的海夜裡，水波之聲亦清如樂，但東坡之意絕不是單純就表象來瞭解，他用了「魯叟」和「軒轅」的典故，便是寄託他的言外之意。蘇軾謫居海南，整治

要荒,做了教化黎民的工作,無疑是功德一件,如今聞訊得以北歸,心中在歡喜之餘,對儋州又有一分不捨之情吧!〈儋耳〉詩說:「野老已歌豐歲語,除書欲放逐臣回。殘年飽飯東坡老,一壑能專萬事灰。」[34]村裡的野老正歌頌著豐收的時節來臨,而東坡也接到朝廷的詔書將拜新官,但東坡卻又希望寄殘生於丘壑之間,正是依依難捨之態。用這樣的意義體會「空餘魯叟乘桴意」,似乎表示東坡欲有孔子乘桴行道海外的心志,卻因為一紙詔書,讓他修身養性、怡然於海外、化育島民,施法於黎眾的心志無法功成圓滿。而下一句的「軒轅奏樂聲」或以為指道家修持的精神態度而言,或以為指中原之樂而言。由於五、六兩句是相對的,前一句的魯叟乘桴既有「海外」之意,此句的「奏樂」應指「中原」之音,那麼粗識軒轅之樂雖可能為道家修行至樂之意,但更進一步的解釋當是表示返回內陸的意思,「粗識」固然是東坡卑謙之詞,但對於一個貶居海外千日,多年未見廣陸景致的人來說,早已對故鄉物色由熟識轉而為依稀之記憶了,可見「粗識」含有記憶模糊之意。除此之外,此句亦隱含了雙重深層意義,「粗識」表達終於在南渡後得以北歸的欣喜之情,至少在完全「無識」之前終究能北返,這難道不足以令東坡高興嗎?但是「粗識」卻也表達了悲涼的另一面,離開中原故鄉,對於內陸的印象已經由「熟識」轉變為「粗識」了,對於離鄉背井的人來說,少了一份故鄉記憶的慰藉,內

---

34 王文誥:《蘇文忠公詩編註集成》,頁3584。

心不是淒然的嗎？因此東坡此二句之意，應是說明他渡海北歸悲喜交織的心靈起伏。

然而東坡悸動的心緒卻非滿懷牢騷，經歷了艱辛的歲月，如今終得北歸，難免有情緒發洩，而東坡卻展現他無怨無悔的人生態度：「九死南荒吾不恨，茲游奇絕冠平生。」「九死」是運用屈原〈離騷〉所說的：「亦余心之所善兮，雖九死其猶未悔。」屈原以死明志，而東坡卻以其心力獻給海南人民，他的「九死」代表著置死生於度外，他抱持著的是隨遇而安的態度，來到「南荒」之地，是他人生再一次的波折，但是他失去了在內陸為官的地位榮貴，卻得到了中原無可見聞的絕景奇色。流放生涯，東坡了無恨意，因為他追隨的是孔子的行道思想，既來之則安之，「久安儋耳陋，日與雕題親。」(〈和陶、與殷晉安別，送昌化軍使張中〉) [35]「他年誰作輿地志，海南萬里真吾鄉。」(〈吾謫海南，子由雷州，被命即行，了不相知，至梧乃聞其尚在藤也，旦夕當追，作此詩示之一〉) [36] 即使被貶到荒遠之地，東坡的精神依然在此異域風光之境開花結果，如今北返途中海上，不禁發出「茲游奇絕冠平生」之語，面對放逐，東坡不計窮達，尚且以為奇絕，足以稱為平生最璀璨的遊歷，這種經驗的超絕，不論是外在的景物宜人、民親如故，或者是東坡自身內在的心緒曲折，都是一段不可思議的奇異之旅。方回《瀛奎

---

35 王文誥：《蘇文忠公詩編註集成》，頁3553。
36 王文誥：《蘇文忠公詩編註集成》，頁3487。

律髓》說:「當此老境,無怨無怒,以為茲游奇絕,真了生死,輕得表天人也。」茲游奇絕不單純指這次渡海的所見景象,而是包含了儋州生活的所有歷程,而且更是這段生命中所擁有的收穫與結束。而東坡以此作結,也正表示謫居生涯的總結。

　　總論全詩,東坡藉著渡海的經歷將詩意加以擴大,顯見其人生旅途中所品嘗的憂喜。前半部以寫景入題,寄時局轉變於景中,用鮮明的形象比喻亂政害權的小人朝臣,也比喻堅貞不移存有如碧海青天本質的自己;下半部以孔子及中原樂的史載宣明其內心的波瀾翻騰,其中有自謙之意,也有心緒的表白,儼然涵蓋著人生哲理;末了以此生理想為結,呈現對不平凡的異域生活無怨無悔的豁達胸懷。

　　雲散月明,天海本澄清,歷經折難,毫無怨尤,東坡超凡的人格,又豈是塵世間凡人所能習得的?「夢裡似曾遷海外,醉中不覺到江南。」[37]貶謫生涯,對東坡來說,就像夢境一場,一切失意都化為煙消雲散。東坡說:「古今如夢,何曾夢覺,但有舊歡新怨。異時對,黃樓夜景,為余浩歎。」[38]也許吾人在為東坡的人生起落浩歎之際,更用心體會東坡的自在精神和淡泊態度,當會對人生境界有更深層的體悟,更加珍惜生命的過程與風采!

---

37 王文誥:〈過嶺〉詩二首其一,《蘇文忠公詩編註集成》,頁3629。
38 龍榆生:〈永遇樂——彭城夜宿燕子樓夢盼盼因作此詞〉,《東坡樂府校箋》,卷一,頁104。

似無情而實有思
——論東坡詠物詞〈水龍吟——似花還似非花〉之情境

摘要

　　對於詞意與詞境的開拓而言，蘇軾在詞學的地位是不可忽略的。就詞作風格的認知，世人往往認為蘇軾的詞作風格以豪放為主，然而蘇軾的婉約詞不僅數量多於豪放，其婉約詞的境界與意涵亦極盡妙處。

　　本論文討論蘇軾〈水龍吟——似花還似非花〉一詞，先就外在形式與寫作背景言之。〈水龍吟〉一詞有格律斷句與意義斷句的讀法，因此形成了文法聲律與意涵詮釋的差別，因而似與不似、虛與實、花與人之間，成為有意與無意的交錯，並且回應詞開始的「似花還似非花」。所謂無情而有思，所謂詠物即寄託，便據此而開展。論文亦附有此闋詞化用前人詩詞之現象、歷來對此闋詞之評論，以供參考。

關鍵字：和韻、婉約詞、詠物詞、虛實、典故、化用技巧

蘇東坡,這位宋朝大文學家,對於詞的發展有極大的貢獻。他開擴拓展了詞的風格和境界,把詞的內容觸及到懷古、詠史、感傷時事以及對友情、田園景致之抒寫,到了無意不可入、無事不可言的地步,並且一掃晚唐、五代以來柔弱纖細的氣息,使詞的生命活潑起來。

　　在他的詞中,有「大江東去,浪淘盡千古風流人物」(〈念奴嬌〉)的廣闊氣勢;有「燕子樓空,佳人何在」(〈永遇樂〉)的說夢心事;也有「十年生死兩茫茫,不思量,自難忘」(〈江城子〉)的思妻之作。在豪放詞、閨情詞之外,蘇東坡的詠物詞也有十分精采的作品,本文所要探討的,便是一首詠物詞——〈水龍吟·似花還似非花〉。

　　這闋詞是寫於宋哲宗元祐二年(1087),當時蘇東坡五十二歲。神宗崩殂後,他被調回開封,為禮部郎中,遷起居舍人,又遷中書舍人。沒有多久,便成為翰林學士。元祐二年,又兼任侍讀,將治亂興亡、邪正得失之意,向哲宗解說。這個時期的蘇東坡可以說是極為平穩的官宦生活。這一年,他有一個朋友章楶(字質夫,建州浦城人)為資政殿學士,直龍圖閣,詩詞於時亦頗富盛名,在開封寫了一首詠楊花的詞〈水龍吟〉。蘇軾讀了這首詞之後十分欣賞,於是在給章楶的信中說道:「妙絕,使來者何以措辭?」(見《詞苑叢談》)意即章楶的楊花詞寫得太好了,別人都沒有辦法再寫了。不過,畢竟蘇東坡的才氣不是常人所能比的。後來,蘇東坡便按照章楶的原韻,和了一首〈水龍吟〉。

　　在賞析這闋詞之前,有幾個問題可以先提出來說明。第一個是關於水龍吟調名的問題。水龍吟一名水龍吟慢、豐年

瑞、鼓笛慢、龍吟曲、莊椿歲、小樓連苑、海天闊處。《填詞名解》云：「水龍吟，越調曲也，采李白詩『笛奏龍吟水』，一名小樓連苑，取宋秦觀詞『小樓連苑橫空』之句。」《金玉集注》云：「水龍吟，越調。李賀詩：『雌龍怨吟寒水光。』」《詞調溯源》云：「水龍吟，周邦彥詞入無射商，俗呼越調。」《易‧繫辭》有提到「雲從龍」之句，而疏言：「龍是水畜，雲是水氣，故龍吟則景雲生。」可能正是詞名之所由來。釋名有解：「吟，嚴也，其聲本出于憂愁，故其聲嚴肅，使人聽之淒嘆也。」

　　水龍吟的字數不定，在一百零二字到一百零六字之間，《詞律校刊》就提到了《詞譜》收水龍吟調多達二十五體，有起句七字，第二句六字者；有首句六字，第二句七字者；有第三句六個字，第四句六個字的；也有將三、四句十二個字拆成三句的。而以辛棄疾〈水龍吟‧楚天千里清秋〉為正體，其餘均為變體。

　　水龍吟的平仄及押韻，以東坡此首為例，當是：

｜－△｜－－，△－△｜－－｜韻△－｜｜，△△｜｜韻△｜－－，△－－｜，△－－｜。△△－△｜韻△－｜｜，△－｜，－－｜韻

△｜｜－△，｜－－，△－－｜韻△－｜｜，△－－｜？△－－｜韻△｜－－，△－△｜，△－－｜韻｜－－｜｜△－，△｜｜－－｜韻
（－表平聲，｜表仄聲。△表可平可仄）

而此闋詞還有一個比較特殊的狀況，便是最後十三個字的句逗問題。此詞結尾的「細看來不是楊花點點是離人淚」，按一般格律，應標之為「細看來不是，楊花點點，是離人淚」，即採五、四、四之句法，一如章楶原詞之「望章臺路杳，金鞍遊蕩，有盈盈淚。」但大部分的注詞者多將之點為「細看來不是楊花，點點是離人淚」（如汪師雨盦註譯之《宋詞三百首》、唐圭璋之《唐宋詞簡釋》）即七、六之停頓，而七字句又分三、四讀法，六字句又分三、三讀法。

這種情況，有人便指東坡此首是不合音律之詞（如《樂府指迷》、《詞潔》）。但仔細觀察，先去句逗問題，這十三個字的平仄聲調是「｜——｜｜△—△｜｜——｜」與格律完全相合，並無不諧平仄之處。故葉嘉瑩在其《靈谿詞說》中，便加以說明標點之不同，則因古人詩詞之讀法，原有以聲律為準之讀法與依文法為準之讀法二種。在說明賞析時，可以依文法為準，而吟誦時則依聲律為準。因此，將此十三字斷為「細看來不是楊花，點點是離人淚」是依文法之斷句，那麼依聲律，便可將此斷為「細看來不是，楊花點點，是離人淚」。在「是」字底下，可視為「逗」，不視為「句」，而「點點」既是對楊花的描述，也是對「淚」的描述。

緊接著尚有一問題可提出討論，便是和詞之法。和詞之法有三，一為同韻，即同用某韻；二為依韻，即用其所用之韻而次序不必與之相同；第三種便是次韻，即韻部和次序的使用都要和原作者相同。東坡此首詞便是限制較多的第三類和韻。他和章楶同用第三部韻（平聲支微齊，又灰半；上聲

紙尾齊，又賄半；去聲實未霽，又泰半，隊半），且韻腳墜、思、閉、起、綴、碎、水、淚均次序相同。在這種侷限的規格中，東坡另闢新境，自出新意，成就不俗。

東坡此詞既為和韻，便必須先就章楶的原作賞析一番，然後再看東坡之詞以資比較。章楶之〈水龍吟〉云：

> 燕忙鶯懶花殘，正堤上，柳花飄墜。輕飛亂舞，點畫青林，全無才思。閒趁游絲，靜臨深院，日長門閉。傍珠簾散漫，垂垂欲下，依前被，風扶起。
> 蘭帳玉人睡覺，怪春衣，雪霑瓊綴。繡床漸滿，香球無數，才圓卻碎。時見蜂兒，仰粘輕粉，魚吞池水。望章臺路杳，金鞍遊蕩，有盈盈淚。

這闋詞上片的意思是：在燕子忙著築巢，鶯兒懶洋洋唱歌，花兒凋殘的時候，也正是河堤上的柳絮飄落的時候。這些柳絮輕飄飄的漫天飛舞，在青翠的林間點點灑落，沒有任何的目的。它們趁著風吹起絲絲的蜘蛛線，悄悄靜靜的飛進在長長夏日中緊閉門院的深深庭園。這些柳絮被珠狀串成的簾子擋阻而散亂，於是慢慢緩緩的往下落，但是卻又被風吹了起來。

下片之意，言芳蘭香的帳中，有一位漂亮的姑娘正在睡覺，醒了後，發現在春衣上，像沾上了雪花，綴上了玉片，幾乎漸漸把床都堆滿了。這些染上了芳香的柳絮球，剛才滾得圓圓地，卻又碎裂四散開來。時時可以看到蜜蜂身上黏了

輕輕的花粉,池中的魚吞著水。而望章臺的路途那麼遙遠,柳絮隨著配華貴馬鞍的駿馬奔跑遊蕩,就好像是朵朵浪花。

章楶之詞,一開始描寫了燕忙花殘的時刻,引出了楊花也正在此時飄落,將大自然的季節描繪得很鮮明。於是他開始刻畫這柳絮的物象;這些輕飄飄的小傢伙們從樹上蹦了下來,又裝著沒事般的搭了游絲的便車,溜進了深院大家。他們又跑到簾外一窺動靜,就在這個當兒風來了,讓他們翻了幾個觔斗,卻還是往裏鑽。於是終於進了人家的閨房,黏在人家的衣服,又在床上玩耍。這段新鮮活跳的畫面,實在不由得令人佩服章楶的描畫工夫,從被風吹落,到青林之中,再到院中、簾外,最末近了房中,層層逼近,由外而內,對楊花賦予了生命動感,讓人不禁認為這楊花真是調皮、可愛。

此詞之後段,以時時常見的蜜蜂黏著花粉,魚兒吃著水和遠遠的章臺作做對比,一近一遠,將詞的意境由活潑鮮亮轉化為淡淡的離愁。這位可人的姑娘,想到了章臺的遙遠,不禁生起愁緒,於是即使是裝飾著亮麗金顏的駿馬有柳絮的潤飾,看起來卻已不是活潑的柳絮,而像是朵朵的淚花。詞由喜轉悲,不多著痕跡筆墨而情境自然轉化。

一般人對此首詞評價不錯,甚至魏慶之《詩人玉屑》卷二十一還稱章楶詞:「所謂『傍珠簾散漫,垂垂欲下,依前被,風扶起』,亦可謂曲盡楊花妙處。」並認為「東坡所和雖高,恐未能及。」

但是王國維則認為此詞似是和韻,東坡之詞和韻而似原唱,認為章楶是無法和蘇東坡相比的。章楶描寫楊花固然維

妙維肖，也真切的描繪了楊花飄飛的姿態，不過似乎都句句黏在楊花上寫，於是有「織繡工夫」之評論，少了蘇詞的超脫氣派。

東坡亦曾看過此詞而加以讚賞，但他卻仍能另闢境界，描繪出另一種風味：

> 似花還似非花，也無人惜從教墜，拋家傍路，思量卻是，無情有思。縈損柔腸，困酣嬌眼，欲開還閉。夢隨風萬里，尋郎去處，又還被，鶯呼起。
> 不恨此花飛盡，恨西園，落紅難綴。曉來雨過，遺蹤何在？一池萍碎。春色三分，二分塵土，一分流水。細看來不是楊花，點點是離人淚。

上片的意思是：這柳絮像花又不像花，沒有人愛惜，任憑它飄上墜下。它離開樹枝飄落到路旁，想想，它看起來好像無情，其實卻是落花有意。柔細的柳條，像是思念而受傷的柔腸，細長的柳葉，如同姑娘睏得睜不開眼睛。（或說是纏結的心思使我的肝腸寸斷，精神困倦，想打開眼睛，結果仍是閉上）於是在夢中，輕盈的柳絮隨著風飄盪萬里，尋找情郎的去處，正在夢酣之時，卻被鶯兒的啼聲吵醒了。

下片說柳絮將要飛盡，卻不會擔心，所擔心的是西園的落花很難再聚在一起。天亮的時候，一陣雨來，又把柳絮吹到哪兒去了呢？在一池的春水中，落雨的柳絮好似細碎的浮萍。假使有三分春色的話，有二分歸於塵土，有一分隨流水

東逝。細心的看了又看,好像不是柳絮,好像是離人的點點淚花。

首句言「似花還似非花,也無人惜從教墜」,詞一起,便把對象放在似與不似之間。歐陽修詞有「春風不解禁楊花,濛濛亂撲行人面」,謝道蘊言「柳絮因風起」使我們想像到春風中滿天飛舞的楊花,是大陸常見之景象。楊花,有花之名,而無花之實,它不嬌艷,也沒有芬芳氣味,說它是花,其實不是花;說它不是花,卻有花之名,到底是花還不是花,真教人撲朔迷離了。而這種花,一到暮春,就如同雪花般的,紛紛從枝頭飄落,也沒有人憐惜。這一句,似由白居易「花非花,霧非霧」之句化出,然出手不凡,雖為詠物詞,不僅詠物象,又寫人言情。劉熙載《藝概・詞曲概》稱此句「可作全詞評語,蓋不離不即也」。於是所謂人、花、物、情,當在不即不離間,不即,便不滯於物;不離,便契合描寫主體。即此句言,說它非花,卻名楊花,與百花開落,共渡春光,又送走春色。說它似花,卻無花香,不為人所注意。而就在似與不似之間便教人不知珍惜而任由飄落。無人惜,顯現了天下惜花者多,而卻無人惜楊花的強烈對比。惜花則富有詞人濃郁的情感,也暗暗透出了作者憐惜楊花之意,也為後面的雨後尋蹤跡埋下伏筆。

「拋家傍路,思量卻是,無情有思」三句,拋家,承「墜」字而來,拋,似是無情;而傍,卻好像又有思,無情有思,正如同似花還似非花。詞人由此,開始擬人化手法,如同一女子嬌弱無力的漂泊。詞人不言離枝而言拋家,好像

真是無情,如同韓愈〈晚春〉言:「楊花榆莢(筴)無才思,惟解漫天作雪飛」,但卻又好像有思,如杜甫所計:「落絮游絲亦有情」(〈白絲行〉)。漸漸地,作者把楊花人格化了,而花人相合之態也漸露端倪。

「縈損柔腸,困酣嬌眼,欲開還閉」,抽象的楊花,至此已化成了一個有具體生命的春日思婦形象。這位閨中少婦,在暮春天氣裡,思念遠人而柔腸縈結,因春天困倦而嬌眼還閉。明寫思婦而暗寫楊花,不正是將人與物相合了嗎?無情有思,到此已變成有情有思了。

「夢隨風萬里,尋郎去處,又還被,鶯呼起」,此段言思婦之神,又攝楊花之魂,誠如前所言不即不離之間。從思婦來說,懷人不至,因而牽引出一場惱人的夢境,於是她神魂隨夢境而遠赴萬里,尋找日思夜念的情郎,然而還未尋到,卻被鶯斷好夢。此處暗用金昌緒:「打起黃鶯兒,莫教枝上啼,啼時驚妾夢,不得到遼西。」(〈春怨〉)的詩意,但蘇試寫來又覺哀怨,卻又輕靈飛動,寓傷感於飄逸之中。

上片寫盡了楊花的特性與飄零的命運,而下片一轉,描寫因楊花而勾起之傷春情感。

「不恨此花飛盡,恨西園落紅難綴」,詞人以落紅陪襯楊花,無論萬紅凋零,或是楊花飛盡,都意味著花事將盡,春色將逝。杜甫〈曲江〉云:「一片花飛減卻春,風飄萬點正愁人。」春天即將逝去,而所思念之人卻未歸來。所謂「不恨」者,正如前「似花」、「非花」,「無情」、「有思」,「無人惜」、「有人惜」一樣,在「不恨」與「恨」之間,迷

離撲朔之中卻暗藏了深刻的情思。此段可說是作者之感，一說是由思君之女子眼中寫來亦無不可。而有人以為，蘇東坡此句似有影射「人之邦瘁，怒然夢國之思」（見汪師雨盦注譯之《宋詞三百首》）國家之離亂，且置於此文中，不論其是否真為如此。

「曉來雨過，遺蹤何在？一池萍碎」，楊花實在是禁不起雨打的，所以雨後，漫天飛舞「似花非花」的楊花，竟無聲息的消失了。蘇東坡自注云：「楊花落水為浮萍，驗之信然。」但果真如此：「柳絮入水化為萍」嗎？這恐怕只是癡人說夢吧！然而在詞人眼中的抒情詩詞，又何必拘泥於不合科學的語句呢？既然如此，我們也可以不泥於此說，把它說成楊花不見蹤跡，即連春水中亦只是一池破碎的浮萍，不正為「遺蹤何在」的柳絮更添思念之意嗎？在這裡，詞人深刻的表達了一種濃厚的惜花之情和春去之恨。

「春色三分，二分塵土，一分流水」，春色居然可以分，這實在是很奇妙的想法，不過卻也其來有自。唐詩人徐凝〈憶揚州〉說：「天下三分明月夜，二分無賴是揚州。」宋初詞人葉清臣的〈賀聖朝〉也說：「三分春色二分愁，更一分風雨。」蘇東坡當以葉詞為藍本。此三句承「曉來雨過⋯⋯」句而來，如果我們站在蘇東坡立場，以為柳絮楊花化為一池萍碎，那麼和此相應，則「一分塵土」與「拋家傍路」相呼應；「一分流水」與「一池萍碎」一意相承。就這樣楊花就葬在池水中，春天不也是一樣，三分的春色，不是葬於塵土，就是付諸流水，於是春也無覓，楊花也無覓，詞

人的惜春之情已到達峰頂。

「細看來不是楊花，點點是離人淚」，此句回應了上文的思婦，「細看來」是作者的主觀感受。在景中帶有深情，而情中亦有景，由眼前的流水，想到思婦的淚水，又從思婦的淚珠中，帶出楊花。到底是似離人淚的楊花，還是似楊花般的離人淚？似與不似，虛與實間，究竟何者才是呢？其實我們也不必強要分辨它們，因為作者不是一開始就說「似花還似非花」嗎？有無、似不似正是呼應此句，不論離人惜花或是花惜離人，不都情何以堪嗎？曾季貍《艇齋詩話》說此處用了唐人詩句「君看陌上梅花紅，盡是離人眼中血」而「奪胎換骨」，但這種楊花情離人淚的合一情感，又豈是梅花紅眼中血所能比擬的？難怪鄭文焯要說此句有「畫龍點睛」之妙了。

「眼前有景道不得，崔顥題詩在上頭」是李白見了崔顥之詩有感而言。在面對章粢刻畫得如此鮮活的詠物詞之外，東坡造就了另外一種境界的詠物詞，把人、物、情合寫，運用了他的情感，驅動對象的動作和情節，而以濃厚的情感收束全篇，令人不禁為暮春時分，楊花飛舞的有情世界，掬一把同情之淚。

關於章粢原作和蘇東坡和韻之比較，宋人朱弁在《曲洧舊聞》中說道，章質夫的詠楊花寫得清麗可喜，而蘇東坡的和作看起來好像豪放不合聲律，可是細看，其音韻是很和諧柔美的。宋人晁沖之則認為，蘇東坡的詞好像王昭君和西施，天然長得美，洗淨臉後，能與天下任何美女相比。章質

夫的詞比起來就是像抹了濃妝的婦女，雖然也不錯，但終究還是沒有蘇東坡的詞好。張炎也說東坡的詞起句便高出一頭，後半片愈來愈奇，真是壓倒古今。而王國維更認為在和韻受限制的情況下，寫出的詞質總是比不上原作的，但蘇章之作正好相反，反是唱和的優於原作品。不過魏慶之倒是為章楶打抱不平，他甚且認為東坡之詞比不上章楶之詞。那麼，到底誰的詞寫得較好呢？恐怕是見人見智吧！不過，筆者以為蘇軾之和韻詞顯然技高一籌，寫得比章楶更出色。因為不論就寫作筆法，描寫內容、詩歌情感來看，東坡詞都細膩、豐富得多，將有情世界描繪得栩栩如生，讓煙雨暮春的景象，深深地烙印在讀者的心中。

附錄一：東坡化用前人之詩詞

（一）似花還似非花

白居易——〈花非花〉

花非花，霧非霧。夜半來，天明去。來如春夢幾多時，去似朝雲無覓處。

（二）無情有思

韓愈——〈晚春〉

草樹知春不久歸，百般紅紫斗芳菲。楊花榆莢無情思，惟解漫天作雪飛。

(三) 又還被、鶯呼起

金昌緒——〈春怨〉

打起黃鶯兒，莫教枝上啼。啼時驚妾夢，不得到遼西。

(四) 春色三分、二分塵土

徐凝——〈憶揚州〉

蕭娘臉薄難勝淚，桃葉眉長易覺愁。天下三分明月夜，二分無賴是揚州。

(五) 二分塵土

陸龜蒙——〈惜花詩〉

人壽期滿百，花開惟一春，其間風雨至，旦夕旋為塵。

附錄二：集評

朱弁《曲洧舊聞》：「章質夫楊花詞，命意用事，瀟灑可喜。東坡和之，若豪放不入律呂。徐而視之，聲譜韻諧婉，反覺章詞有織繡工夫。」

魏慶之《詩人玉屑》：「章質夫詠楊花詞，東坡和之，晁叔用以為『東坡如王嬙、西施，淨洗腳面，與天下婦人鬥好，質夫豈可比哉』，是則然矣。余以為質夫詞中所謂『傍珠簾散漫，垂垂欲下，依前被，風扶起』，亦可謂曲盡楊花妙處。東坡所和雖高，恐未能及，詩人議論不公如此耳。」

張炎《詞源》：「東坡次章質夫楊花水龍吟韻，機鋒相摩，起句便合讓東皮出一頭地，後片愈出愈奇，真是壓倒今古。」

沈謙《填詞雜說》：「東坡『似花還似非花』一篇，幽怨纏綿，直是言情，非復賦物。」

李攀龍《草堂詩餘雋》：「如虢國夫人不施粉黛，而一段天姿，自是傾城。」

許昂霄《詞綜偶評》：「與原作均是絕唱，不容妄為軒輊。」

劉熙載《藝概》：「鄰人之笛，懷舊者感之，斜谷之鈴，溺愛者悲之，東坡水龍吟和章質夫詠楊花云：『細看來，不是楊花，點點是離人淚』亦同此意……似花還似非花，此句可作全詞評語，蓋不離不即也。」

王國維《人間詞話》：「東坡水龍吟詠楊花，和韻而似原

唱，章質夫詞，原唱而似和韻，才之不可強也如是……詠物之詞，自以東坡水龍吟為最工。」

唐圭璋《唐宋詞簡釋》：「（水龍吟）此首詠楊花，遺貌取神，壓倒古今……先遷甫稱為『化工神品者』，亦非虛譽。」

參考書目

1. 北宋六大詞家　劉若愚著，王貴苓譯　幼獅文化事業公司
2. 宋詞三百首箋　朱孝臧箋　廣文書局
3. 宋詞故事　王曙編著　貫雅文化事業公司
4. 宋詞蒙太奇　劉逸生著　天山出版社
5. 東坡樂府箋　龍榆生校箋　華正書局
6. 重樓飛雪　龔鵬程選註　遠景出版社
7. 唐宋詞精選百首　王師熙元選　地球出版社
8. 唐宋詞簡釋　唐圭璋釋　宏業書局
9. 唐宋詞鑑賞辭典　唐圭璋主編　新地出版社
10. 唐宋詩詞評注　陳師滿銘等　文津出版社
11. 雪泥鴻爪　朱昆槐選註　獅谷出版社
12. 詞人之舟　琦君著　純文學出版社
13. 詞林紀事　楊家駱主編　鼎文書局
14. 詞林探勝　周宗盛著　水牛出版社
15. 詞選註　虞元駿選注　正中書局
16. 蘇辛詞比較研究　陳師滿銘著　文津出版社
17. 蘇東坡詞　曹樹銘校編　臺灣商務印書館
18. 靈谿詞說　葉嘉瑩、繆　鉞合撰　國文天地雜誌社

蘇軾〈八聲甘州・寄參寥子〉的人生感喟
──兼論其既曠亦悲的書寫模式

摘要

　　蘇軾〈送參寥師〉詩云:「靜故了群動,空故納萬境。閱世走人間,觀身臥雲嶺。鹹酸雜眾好,中有至味永。」以禪之修靜功夫,體察人生,靜納萬象,出以至味;趙翼《甌北詩話》云蘇軾詩歌之妙在於「心地空明,自然流出。」對蘇軾而言,為詩為文、行遊交友,實是面對官場之外的生命寫照;因而,詩詞中的世界即是其內在生命的展示,從其詩歌創作中便可觀其逸想神情與寄寓之深意。

　　道潛僧是蘇軾一生眾多好友之一;然而殊處不僅在於其為「僧人」身分,更在其「千里不憚遠」的患難之情與「算詩人相得,如我與君稀。」的「佛學、人生、文學」三重知音。因而我們便不難理解,何以當蘇軾謝世之際,道潛僧作十五首〈東坡先生挽詞〉弔念摯友。而〈八聲甘州・寄參寥子〉更是蘇軾與道潛僧真摯友誼的明證。

　　然而,作為一個僧人的道潛師、作為一個深具「文字禪」的詩人蘇軾,不是應該忘情?何以卻有如此濃厚友情?

又或者不可簡單以有情無情觀之？因之，本論文擬透過「友情與別情為基調」、「有情無情、俯仰今古、盛衰來去、超脫憂恐、忘機喟嘆」等面向，討論此闋詞作。

關鍵詞：蘇軾、參寥子、忘機與憂恐、友情與別情

一　前言

蘇軾（1037-1101）[1]的文學創作，不僅是針對客觀事物

---

[1] 蘇軾，字子瞻，眉州眉山人。母程氏讀東漢《范滂傳》，慨然太息，軾請曰：「軾若為滂，母許之否乎？」程氏曰：「汝能為滂，吾顧不能為滂母邪？」比冠即博通經史。嘉祐二年，試禮部為第二，復以《春秋》對義居第一。丁母憂。五年，調福昌主簿。歐陽修薦之秘閣，入三等。除大理評事、簽書鳳翔府判官。治平二年，入判登聞鼓院。英宗試之，入直史館。王安石執政，欲變科舉、興學校，詔兩制、三館議。軾上議發策，御史謝景溫論奏其過不果，軾遂請外，通判杭州，復徙密州、徐州、湖州。湖州謝表及詩文為李定、舒亶、何正臣上奏神宗，有訕謗之意，深陷烏臺詩案。後謫居黃州安置。於此之時，蘇軾築室東坡，自號「東坡居士」。移汝州。至常州，神宗崩，哲宗立，復朝奉郎、知登州，召為禮部郎中，復遷起居舍人。元祐元年，遷中書舍人、除翰林學士。二年，兼侍讀。四年，為當權者所恨。軾請外，拜龍圖閣學士、知杭州。六年，召為吏部尚書，未至。以弟轍除右丞，改翰林承旨。數月，復以讒請外，以龍圖閣學士出知潁州。七年，徙揚州。未閱歲，以兵部尚書召兼侍讀。八年，宣仁后崩，哲宗親政。軾乞補外，以兩學士出知定州。紹聖初，知英州，尋降一官，未至，貶寧遠軍節度副使，惠州安置。居三年，又貶瓊州別駕，居昌化。徽宗立，移廉州，改舒州團練副使，徙永州。更三大赦，遂提舉玉局觀，復朝奉郎。官止於此。建中靖國元年，卒於常州，年六十六。《宋史‧蘇軾傳》論曰：「弱冠，父子兄弟至京師，一日而聲名赫然，動於四方。既而登上第，擢詞科，入掌書命，出典方州。器識之閎偉，議論之卓犖，文章之雄雋，政事之精明，四者皆能以特立之志為之主，而以邁往之氣輔之。故意之所向，言足以達其有猷，行足以遂其有為。……天下之至公也，相不相有命焉，嗚呼！軾不得相，又豈非幸歟？或謂：『軾稍自韜戢，雖不獲柄用，亦當免禍。』雖然，假令軾以是而易其所為，尚得為軾哉？」實是對蘇是人格風範最佳確評。蘇軾生平詳見脫脫等編：《宋史‧蘇軾傳》卷三三八，列傳第九十七。

的延伸,更是主體內在世界的開展。在現實中書寫現實,深具緣事而發、感事而作的實感;而其面對人間的顯我形象,更是展示著深具個性的生命姿態。

創作自然有情感的指向。蘇軾對於詞壇的意義,是由普遍與廣泛的抒情共感,轉為具有個性且真實化的自我情感。這樣的轉變,輔以〈送參寥師〉詩中所說的:「靜故了群動,空故納萬境。閱世走人間,觀身臥雲嶺。鹹酸雜眾好,中有至味永。」[2]以靜觀體察功夫,領悟人生,靜納萬象,出以至味;趙翼(1727-1814)《甌北詩話》曾說蘇軾詩歌「其妙處在乎心地空明,自然流出,一似全不著力,而自然沁入心脾,此其獨絕也。」[3]空明而自然流露,不僅是其自身修靜功夫,更是才情恣意與學識的積累:「自然湊泊,觸手生春,亦見其學之富而筆之靈也。」[4]對蘇軾而言,為詩為文、行遊交友,實是面對官場之外的生命寫照;因而,詩詞中的世界即是其內在生命的展示,從其詩歌創作中便可觀其逸想神情與寄寓之深意。

在蘇軾眾多友朋之中,道潛僧參寥(1043-1106)[5]無疑

---

[2] 本文所提及之蘇軾詩,均引自王文誥編:《蘇文忠公詩編註集成》,臺北市:臺灣學生書局,1987年10月。〈送參寥師〉詩見卷十七。

[3] 趙翼:《甌北詩話》,卷五,〈蘇東坡詩〉,條目三(上海市:上海古籍出版社,2002年)。

[4] 趙翼:《甌北詩話》,卷五,〈蘇東坡詩〉,條目四。

[5] 道潛僧,道潛(1043-1106)為北宋詩僧。本姓何,字參寥,賜號妙總大師,於潛(今屬浙江臨安)浮村人。施元之《施注蘇詩》卷十五〈次韻僧潛見贈〉詩題下注「僧道潛,字參寥。於潛人。能文章,尤喜為詩。……過東坡於彭城,甚愛之。以書告文與可,謂其詩句清絕。雨林

是最為特出的。其殊處不僅在於其所具的「僧人」身分，亦在其「千里不憚遠」的患難之情，更是一個「算詩人相得，如我與君稀。」的「佛學、人生、文學」[6]三重知音。因而我們便不難理解，何以當蘇軾謝世之際，道潛僧作十五首〈東坡先生挽詞〉弔念摯友。而〈八聲甘州‧寄參寥子〉更是蘇軾與道潛僧真摯友誼的明證。

　　然而，此闋詞實深具濃郁的感事情愫。雖然有白首忘機的超然，卻更有泣淚沾衣的書寫。作為一個僧人的道潛師、

遍上下，而通了道義，見之令人蕭然。」見詩氏注：《施注蘇詩》，卷十五，〈次韻僧潛見贈〉（臺北市：廣文書局，1980年7月），頁339。道潛僧自幼茹素，以童子誦《法華經》，剃度為僧。熟讀典籍，能文善詩。蘇軾甚愛其詩，以為其詩清絕，具林逋風格。此後有詩唱和。張邦基《墨莊漫錄》言道潛本名曇潛，蘇軾為之改名。蘇軾謫居黃州，道潛留居一年，復歸於潛西菩山；移汝之際，同遊廬山；蘇軾再至杭州，參寥居於杭州智果精舍；謫貶儋州，道潛更有渡海之念，後為蘇軾阻之。因與蘇軾交好，受牽連而被迫還俗，謫居兗州（今屬山東），建中靖國初年（1101），方受詔復還，復削髮為僧。崇寧末年（1106）歸老於江湖。道潛生平亦可見曹樹銘：《蘇東坡詞》，卷二，〈八聲甘州‧寄參寥子〉之箋注（臺北市：臺灣商務印書館，1996年6月），頁353-354。

6　參寥為僧之身分，已如註2之生平概述所言；其文學造詣亦顯現於詩文之中，其《參寥子詩集》有詩十二卷。參寥與東坡之交遊與生命相知之情，亦可於詩文中呈顯，如：〈訪彭門太守蘇子瞻學士〉、〈子瞻席上令歌舞者求詩戲以此贈〉、〈陪子瞻登徐州黃樓〉、〈逍遙堂書事呈子瞻〉、〈次韻子瞻飯別〉、〈自彭門囧止淮上因寄子瞻〉、〈子瞻赴守湖州〉、〈吳興道中寄子瞻〉、〈留別雪堂呈子瞻〉、〈寄東坡昆仲〉、〈廬山道中懷子瞻〉、〈別蘇翰林詩〉、〈讀東坡居士南遷詩〉、〈次韻東坡居士過嶺〉、〈東坡先生挽詞十五首〉等詩，可從中窺得兩人的深厚情誼。

作為一個以「文字禪」[7]為特色的詩人蘇軾，不是應該要忘情？何以在此詞中卻展示了濃厚的友誼？又或者實不可簡單以有情無情觀之？因之，本論文擬先進行詞作書寫年代之界定，可一窺東坡與道潛僧之獨特情誼；進而透過文本的解讀，討論此闋詞作所呈現的「有情無情」、「忘機與憂恐」的人生況味。

二　〈八聲甘州・寄參寥子〉寫作年代界定

　　作品寫作年代的意義，或許不必然存在於每一闋詞；然而，若要深入理解東坡與參寥的情誼與雅志之約，確認寫作時間卻十分重要。討論蘇軾〈八聲甘州・寄參寥子〉這闋詞的意義之前，先討論寫作年代。

（一）各家說法

　　關於此闋詞的書寫年代，有不同說法。

　　清朝王文誥（1764-？）《蘇文忠公詩編註集成》記載：「（丁丑）十二月十九日子由制敘於吳國鑒宅之東齋，作

---

[7]　「文字禪」是指禪宗史上僧俗融合的文化現象。一般認為創始於釋惠洪，然東坡詩禪交涉的成果，歷來頗受肯定，如周裕鍇：《文字禪與宋代詩學》（北京市：高等教育出版社，1998年），頁31-42。即蘇軾開風氣為先。蘇軾〈書辯才次韻參寥詩〉：「臺閣山林本無異，故應文字不離禪。」即出現文字禪一詞。「文字禪」意指僧人或士大夫帶有佛理禪機的詩歌。本論文主要是以東坡詩詞創作多帶有禪意，故謂其為一深具文字禪之詩人。

〈謫居三適〉詩,寄參寥作〈八聲甘州〉詞。」而王文誥案云:「參寥欲轉海來見,大率由此詞發也。果來,大可免禍,此詞當為丁丑(1097)作,今附載於此。」[8]丁丑為紹聖四年,東坡六十二歲。長子蘇邁攜家人至當時東坡被貶謫之惠州,然朝廷又將東坡責受瓊州別駕、昌化軍安置,並不得簽署公事。五月,東坡與子由會於藤州並同行至雷州相別,東坡渡海。若據王文誥所言,即是東坡已貶至瓊州昌化軍,而參寥欲「轉海來見」,真可謂情誼之深!

龍榆生(1902-1966)《東坡樂府箋》卷二引朱(朱孝臧,1857-1931)注云:「案《苕溪漁隱叢話》:東坡別參寥長短句,『有情風萬里卷濤來』云云。其詞石刻後,東坡自題云:『元祐六年(1091)三月三日。』余以《東坡年譜》考之,元祐四年(1089)知杭州,六年召為翰林學士承旨,則長短句蓋此時作也。據編辛未。」[9]元祐四年,東坡自乞外調,以龍圖閣學士出知杭州;六年,東坡以翰林學士承旨召還朝廷,據龍榆生說法,此詞為東坡離開杭州、北還朝廷時感懷之作。

清朝黃蓼園(?-?,約乾隆至嘉慶)《蓼園詞選·八聲甘州》云:「此詞不過歎其久於杭州,未蒙內召耳。」[10]

---

8 王文誥編:《蘇文忠公詩編註集成》,卷四十一。
9 龍榆生校箋:《東坡樂府箋》,卷二(臺北市:華正書局,2003年10月),頁245。
10 黃蓼園之說法,轉引自王水照:〈八聲甘州〉,《蘇軾選集》(臺北市:萬卷樓圖書公司,2000年9月),頁319-320。

《東坡詞論叢》載王仲鏞（1915-1997）〈讀蘇軾《八聲甘州·寄參寥子》〉一文云：「這首詞的寫作時間，應當根據傅注本定在元祐四年（1089）蘇軾初到杭州不久。」[11]而曾棗莊（1937-）、吳洪澤（1963-）合著《蘇辛詞選》一書，亦有相同看法：「從詞的內容來看，當作於自京城初到杭州時。」[12]

　　另陳邇冬（1913-1990）《蘇軾詞選》云：「此詞是作者元祐六年從汴京寄贈給他的，時蘇軾在京任翰林學士，道潛（參寥名）在杭州。」[13]

（二）王水照對各家說法之統整與認定

　　王水照（1934-）據上述說法，於《唐宋詞鑒賞集成》評論〈八聲甘州·寄參寥子〉一詞中說：「以上五說，以第二說（此處的第二說，指的是龍榆生之說法）為勝，南宋胡仔《苕溪漁隱叢話·後集》卷三十九說：『其詞刻石後東坡自題云「元祐六年三月六日。」余以《東坡先生年譜》考之，元祐四年知杭州，六年召為翰林學士承旨，則長短句蓋此時作也。』蘇軾離杭時間為元祐六年三月九日，則此詞當

---

11 王仲鏞之說，見於《東坡詞論叢》，〈讀蘇軾〈八聲甘州·寄參寥子〉〉一文（成都市：四川人民出版社，1982年）。轉引自陳新雄著：《東坡詞選析》一書（臺北市：五南圖書出版公司，2000年9月），頁224-225。

12 此說法見於曾棗莊、吳洪澤合著：《蘇辛詞選》（臺北市：三民書局，2000年11月），頁116。

13 陳邇冬：《蘇軾詞選》，北京市：人民文學出版社，1998年4月。本文陳氏之說法，引自同註5一書，頁225。

是蘇軾離杭州前三天寫贈給參寥的。這是一。又南宋傅幹注《注坡詞》卷五此題下尚有『時在巽亭』四字。巽亭在杭州東南,《乾道臨安志》卷二:『南園巽亭,慶曆三年郡守蔣堂於舊治之東南建巽亭,以對江山之勝。』蘇舜欽〈杭州巽亭〉詩:『公自登臨闢草萊。赫然危構壓崔嵬。涼翻帘幌潮聲過,清入琴尊雨氣來。』蘇軾當時所作〈次韻詹適宣德小飲巽亭〉:『濤雷殷白晝。』這都說明巽亭能觀潮,與本篇起句相合,而且說明蘇軾可能曾遊此亭,就在巽亭小宴上與詹適詩歌唱和。這是二。詞中所寫景物皆為杭地,內容又係離別,這是三。故知其他四說都似未確。」[14]

(三)各家說法的討論、商榷與認定

以下就上述此詞寫作時間的說法進行討論。

王文誥「丁丑(1097)作」的說法,符合此詞表現的東坡與參寥「友誼」與「離別」,尤其參寥別於兩地,隔海的距離自當成為寫作的契機;而參寥欲渡海相見,更是可貴的詩人相得之情。從詞題的「寄」、詞作中的「約他年、東還海道」都可見兩人是分「別」的(當然,一種是目前即是分隔兩地的,另一種是即將要分隔兩地。此處指的是現狀分隔兩地);然而問題是:詞中的「錢塘江上」、「西湖西畔」都是杭州地景,如果此作寫於瓊州,又如王文誥所云作於歲

---

14 王水照說法,見唐圭璋等撰寫:《唐宋詞鑒賞集成》上冊(臺北市:五南圖書出版公司,1991年6月),頁791。

末，便會產生「何以不是以當時的季節與海南的場景進行鋪陳，而是描寫江南風色？」的疑問。此外，東坡貶至當時被稱為夷島絕域的瓊州，在〈昌化軍謝表〉中曾寫道：「臣孤老無托，瘴厲交攻，子孫慟哭於江邊，已為死別；魑魅逢迎於海上，寧許生還。」貶至海南，猶如永久放逐，「某垂老投荒，無復生還之望。昨與長子邁訣，已處置後事矣。今到海南，首當做棺，次便做墓，仍留手疏與諸子，死則葬於海外⋯⋯」如果這樣的悲絕之情，是吾人所認識樂天曠達的東坡當時最真實之生命寫照，那麼，再見的約定根本是遙不可及的幻夢，所謂的「約他年、東還海道」、「雅志莫相違」不就成為欺己又欺人的謊言？更何況，貶至天涯海角的蠻荒之地，被一次次遠放驅逐的臣子，能否被特赦歸鄉，掌握在朝廷的權貴手中，能在此地平安度日已是萬幸，如何能言及北歸之情？

　　黃蓼園「歎其久於杭州，未蒙內召耳。」之說，恐與當時情境不合，畢竟東坡至杭為官是起因於朝廷詭譎氣氛而自請外調，朝中紛擾情況未變，又何來未蒙內召之嘆？況且，此次外調知杭不過兩年時間，更難說會有久居之慨。

　　王仲鏞以為是「在元祐四年（1089）蘇軾初到杭州不久。」的說法，恐與「別情」未合。既是「記取西湖西畔」、「相約東還」，自是表達「依戀」於江南好景。至杭為官，可說是擺脫朝廷紛擾與束縛；初來乍到，自應有更多機會造訪杭州美景。那麼，「可樂」之情事應大於「可悲」，怎會有傷感之離情？

陳邇冬《蘇軾詞選》以為是東坡在元祐六年從汴京寄贈給參寥，時「蘇軾在京任翰林學士，參寥在杭州。」此說認為〈八聲甘州〉為東坡還朝後之作。就時空來看，相較前述黃蓼園、王仲鏞說法，相對要具有可能性；然而，如果就一般常理而言，「約定」理應是在「即將進行」而非「正在進行」的當頭，猶如先秦〈荊軻歌〉「風蕭蕭兮易水寒，壯士一去兮不復還。」[15]的情境，高漸離擊筑、荊軻悲歌，極天地愁慘之狀，更烘托荊軻「君子死知己」，即將赴難的凜凜正氣與決死之情。而「西州路」勿為我沾衣，非為慷慨，卻是悲涼，只有在對未來的遭際有「不測」的預感，踏上歸朝之路時，最為深刻。那麼，東坡已然北歸朝廷方有此作的說法，便令人存疑。

　　龍榆生的說法，引用胡仔（1095-1170）《苕溪漁隱叢話》的東坡自題「元祐六年三月六日。」是最具有說服力的。作者既已自題寫作時日，如何而有質疑的餘地？除非能證明胡仔所言非是。胡仔為南宋人，距東坡在世時間尚頗接近。《苕

---

15 〔漢〕劉向編訂：《戰國策・燕策三》載：「至易水上，既祖，取道。高漸離擊筑，荊軻和而歌，為變徵之聲，士皆垂淚涕泣。又前而為歌曰：『風蕭蕭兮易水寒，壯士一去兮不復還。』復為慷慨羽聲，士皆瞋目，髮盡上指冠。於是荊軻遂就車而去，終已不顧。」〔漢〕司馬遷：《史記》，卷八十六，〈刺客列傳〉第二十六，〈荊軻傳〉亦有此記載，文字僅稍有不同。〔東晉〕陶淵明亦有〈詠荊軻〉詩：「燕丹善養士，志在報強嬴。招集百夫良，歲暮得荊卿。君子死知己，提劍出燕京。素驥鳴廣陌，慷慨送我行。雄髮指危冠，猛氣沖長纓。飲餞易水上，四座列群英。漸離擊悲筑，宋意唱高聲。蕭蕭哀風逝，淡淡寒波生。商音更流涕，羽奏壯士驚。……」

溪漁隱叢話》一書編成於乾道三年（1167），屬於詩話集，為繼阮閱（約1126年前後在世）《詩話總龜》之作，列百餘詩人，上起國風，下至南宋初年，論李杜韓等詩人，更謂學詩當「師少陵而友江西」；討論宋朝詩人則以蘇軾最多。

楊良玉《胡仔《苕溪漁隱叢話》研究》云：「胡仔所纂輯的《叢話》一百卷，無論在體例、取材、考證上，皆嚴謹慎重，故歷代為諸家所援引。……《叢話》保存了大量珍貴的文獻……，像蘇軾『烏臺詩案』的檔案……亦皆最早見於《叢話》之記載。……詩作出處用事的考辨……，其他詩話筆話記載的謬誤的考辨，皆為珍貴的研究文獻。」[16]而黃俊彥《胡仔《苕溪漁隱叢話・前集》引書研究》亦云：「胡仔的《苕溪漁隱叢話》頗受歷代學者之肯定，是為宋代重要的詩話總集。」[17]亦即《苕溪漁隱叢話》是探討宋代詩詞歌壇的重要參考資料，且所記載之人事，深具可信度。既然如此，理應接受其說法。

此外，傅幹（？-？）《注坡詞》中的記載，亦是此詞寫作時間的重要依據。蘇軾詞作，自南宋起傳刻箋注蔚為風潮。而蘇詞箋注的第一家注本和最早刊本即是傅幹《注坡詞》十二卷。此書對於蘇詞之校正、存真辨偽、驗明題敘、考定編年，都提供豐富資料。陳振孫（1179-1262）《直齋書

---

16 楊良玉：《胡仔《苕溪漁隱叢話》研究》，輔仁大學中國文學系博士論文，2007年，摘要。
17 黃俊彥：《胡仔《苕溪漁隱叢話・前集》引書研究》，臺北大學古典文獻與民俗藝術研究所古典文獻組碩士論文，2014年，摘要。

錄解題》歌詞類著錄:「《注坡詞》……序謂東坡長短句數百章,……其寄意幽渺,指事深遠,片詞隻字,皆有根柢。」[18]今人劉尚榮更以其學術價值,編定《傅幹注坡詞》[19]一書。均可見傅幹之說法應屬可信。

《注坡詞》題下有「時在巽亭」,而巽亭位於杭州東南,符合東坡知杭時空;再者,詞中所言俱為杭州景致,又具有「別情」和深摯的「友情」的內涵。

因之,將此詞寫作時間界定在元祐六年,東坡即將離開杭州、北還朝廷之際,最為允當。也就是說,即將離開杭州的東坡,正是在北宋黨爭的宦海浮沉裡,藉由錢塘江潮的起落,一抒南來北往、出朝入朝的人生異變。

三 〈八聲甘州・寄參寥子〉既曠亦悲的文本

鄭文焯(1856-1918)《手批東坡樂府》評論〈八聲甘州〉一詞曾有:「突兀雪山,卷地而來,……氣象雄且傑!」、「出以閒逸感喟之情」、「雲錦成章」、「從至情流出,不假熨貼之工」等贊語,並肯認此作「詞境至此,觀止矣!」[20]東坡以不凡的氣魄,渲染潮聲和潮勢的雄傑浩蕩為

---

18 陳振孫:《直齋書錄解題》,卷二十一,〈歌詞類〉,《注坡詞》。
19 劉尚榮:《傅幹注坡詞》,成都市:巴蜀書社,1993年。
20 鄭文焯之評,引自王水照:《蘇軾選集》,〈評箋〉,頁320。其評曰:「突兀雪山,卷地而來,真似泉(錢)塘江上看潮時,添得此老胸中數萬甲兵,是何氣象雄且傑!妙在無一字豪宕,無一語險怪,又出以閒逸感喟

起,復以天地和自然萬物的無情,襯托人之有情;氣象開闊,超群豪邁、卻又借物以言情,隱喻對人間離合悲歡、盛衰起落的感喟。因為是出自真情真性,即便是氣貫天地卻不必雕琢、觀錢塘潮化文字該磅礴即磅礴、忘卻機心時欲恬淡便恬淡、思古傷今之際欲泣淚便泣淚。無怪乎鄭文焯對其詞境稱許不已。

這種時而曠放、時而委婉哀涼的內涵,實則飽含離情、友情,以及彷若生死約定的雅志。東坡〈八聲甘州·寄參寥子〉詞云:

> 有情風、萬里卷潮來,無情送潮歸。問錢塘江上,西興浦口,幾度斜暉。不用思量今古,俯仰昔人非。誰似東坡老,白首忘機。　　記取西湖西畔,正春山好處,空翠煙霏。算詩人相得,如我與君稀。約他年、東還海道,願謝公雅志莫相違。西州路,不應回首,為我沾衣。[21]

陳師道(1053-1101)〈寄侍讀蘇尚書〉詩「六月西湖早得秋,二年歸思與遲留。一時賓客餘枚叟,在處兒童說細侯。經國向來須老手,有懷何必到壺頭?遙知丹地開黃卷,解記

之情,所謂骨重神寒,不食人間煙火氣者。詞境至此,觀止矣!」、「雲錦成章,天衣無縫,是作從至情流出,不假熨貼之工。」
21 見《東坡樂府箋》一書,頁245。

清波沒白鷗。」[22]具有規勸東坡辭官歸鄉之意；另一首〈寄送定州蘇尚書〉亦有「功名不朽聊通袖，海道無違具一舟。」[23]的乘桴海上、遠離是非之勸。惟以東坡性格及其任事態度，亦猶如東坡〈與謝民師推官書〉所表達之文學觀點是相同的，東坡自謂為文「大略如行雲流水，初無定質，但常行於所當行，常止於所不可不止。」[24]而其〈靈壁張氏園亭記〉更表達其仕隱出處的態度：「古之君子，不必仕，不必不仕。必仕則忘其身，必不仕則忘其君。」[25]一定要做官，心中便只有官，便不具有自身的存在；一定不要做官，心中只有自己，便是忘了君主的存在。因而，不當官者若安於現狀不肯入仕、做官者為了貪圖功名利祿而忘記歸隱，在東坡看來，都不是順應自然之理而行的。在東坡的觀念中，仕與不仕即是行所當行、止於所不可不止；朝廷要召回、要放逐，為臣便須隨遇而安。那麼，葛立方（-1165）《韻語陽秋》記載陳師道勸歸隱詩中，化用〈八聲甘州‧寄參寥子〉「約他年、東還海道，願謝公雅志莫相違。」所表達的「海

---

22 見陳師道：《後山集》，卷六，欽定四庫全書本。2020年8月31日查詢：https://zh.wikisource.org/wiki/%E5%90%8E%E5%B1%B1%E8%A9%A9%E8%A8%BB_（%E5%9B%9B%E9%83%A8%E5%8F%A2%E5%88%8A%E6%9C%AC）/%E5%8D%B7%E7%AC%AC%E5%85%AD

23 見《後山集》一書，卷六。

24 本文所提及之蘇軾文，均引自蘇軾：《蘇軾文集》一書，〈上冊‧贈答書啟文〉，〈與謝民師推官書〉（長沙市：岳麓書社，2000年8月），頁656。

25 《蘇軾文集》一書，〈上冊‧遊記狀物文〉，〈靈壁張氏園亭記〉，頁235。

道無違具一舟」勸公之意,未被接受而歸隱,以致有南遷惠州與儋州之禍,「皆成讖也」[26],就可以理解了。

　　詞作以「有情風,萬里卷潮來,無情送潮歸。」為起。萬里潮來,舒卷而去,離合聚散的變化,是循環不已的必然。說變,卻又是不變;說不變,卻又是生生不息的活動力量。來時如此遙遠,消逝又如此迅疾!「有情」亦是「無情」、方「來」便又「歸」去,更是蘊含著普遍包舉的人生況味。

　　「問錢塘江上,西興浦口,幾度斜暉。不用思量今古,俯仰昔人非。」所有的潮水自當是以來而復去的規律運行。那麼,錢塘江的潮水,難道不是依循這種自然法則嗎?而在西興浦口觀看的潮汐,又有什麼特別之處呢?錢塘江潮在每月初一至初三及十五至十八日出現,而八月十八日的潮水最是壯觀。當潮湧之時,錢塘江口的塘口,眾人群集爭相一睹奇景。李白(701-762)〈橫江詞〉云:「海神來(東)過惡風回,浪打天門石壁開。浙江八月何如此,濤似連山噴雪來。」[27]趙嘏(約806-853)〈錢塘〉詩說:「一千里色中秋月,十萬軍聲半夜潮。」[28]范仲淹(989-1052)〈和運使舍人

---

[26] 葛立方:《韻語陽秋》,卷十一。2020年8月30日查詢:https://ctext.org/wiki.pl?if=gb&chapter=781114

[27] 本文所提及之唐詩,均引自清聖祖御定:《全唐詩》一書。李白詩見冊三,卷一百六十六,〈橫江詞六首其四〉(臺北市:文史哲出版社,1987年12月),頁1720。

[28] 葛立方:《韻語陽秋》,冊九,卷五百五十,頁6380。

觀潮二首其一〉詩亦云：「海商雷霆聚，江心瀑布橫。」[29]東坡〈催試官考較戲作〉更有「八月十八潮，壯觀天下無。」[30]的名句。

　　二度杭州為官，約略經過兩年時光；然而江口斜暉，自古至今已有幾度？東坡〈書參寥詩〉一文說「僕在黃州，參寥自吳中來訪，館之東坡。……後七年，僕出守錢塘，而參寥始卜居西湖智果院。」東坡與參寥在杭州多次臨江觀暮，而今接到朝廷詔令，即將北歸，更引起「日日月月的潮起潮落之際，有多少人事已然逝去？」的傷感。不必思索古今盛衰，就在低頭仰頭之間，人事就已失去。王羲之（303-361）〈蘭亭集序〉云：「向之所欣，俯仰之間，已為陳跡，猶不能以之興懷，……豈不痛哉！」[31]與孟浩然（689-740）的「羊公碑尚在，讀罷淚沾襟。」[32]的情緒，亦即東坡寄託良深的情緒。這樣的幾度斜暉，從初次通判杭州到此次的出知杭州，乃至即將離去的此際，無疑是飽滿的往事滄桑。

---

29 見范仲淹：《范文正公文集》，四部叢刊集部。2020年9月1日查詢：https://ctext.org/wiki.pl?if=gb&chapter=195423#%E5%92%8C%E9%81%8B%E4%BD%BF%E8%88%8D%E4%BA%BA%E8%A7%80%E6%BC%B8

30 王文誥編：《蘇文忠公詩編註集成》，卷八。

31 〈蘭亭集序〉，又有〈禊序〉、〈蘭亭序〉等名，為東晉永和九年（353）三月三日，王羲之與孫綽、謝安、支遁等四十一人，會於會稽山陰蘭亭，在曲水流觴，飲酒賦詩，暢敘幽情。事後，將詩歌結集成《蘭亭詩》冊，由王羲之寫成此序。此序先云聚會節候「天朗氣清，惠風和暢」，復言「茂林修竹、清流激湍」之場景，而後一轉筆鋒，情格轉為悲傷，際遇人生短暫之慨。

32 葛立方：《韻語陽秋》，〈與諸子登峴山〉，冊三，卷一百六十，頁1644。

「不用思量」、「俯仰昔人非」，人在狂濤中被吞沒固然是悲涼與負面的，夏敬觀（1875-1953）《手批東坡詞》云此詞是「天風海濤之曲，中多憂咽怨斷之音。」[33]葉嘉瑩（1924-）亦有詩為評：「道是無情是有情，錢塘萬里看潮生。可知天風海濤曲，也染人間怨斷聲。」[34]既是開闊博大的天風狂濤海曲，亦有傾吐悲感憂韻的人生滋味。然而，在寄寓悲慨的同時，通古今而觀之的東坡，難道只能任由自然的規律擺布而沉浸在無法自拔的傷感中嗎？

「誰似東坡老，白首忘機。」「誰似東坡老」雖表達對潮來潮去、日升月落與宦海浮沉的時光挪移、歲月變異的蒼老感，卻也表明了「白首忘機」的人生態度，更透顯了東坡的超脫。這種超脫來自於迫害與挫敗之後的體認，亦即悟自於潮來潮往的得失來去之間。以古今俯仰抒自己胸中塊壘，此種時間與空間的命題固然是一種悲慨，卻未嘗不是省思變與不變的契機。

機心，就是指權謀變詐的心計，《列子・黃帝》有「海上之人有好漚鳥者，每旦之海上，從漚鳥游，漚鳥之至者百住

---

[33] 此說為夏敬觀所言。葉嘉瑩說：「近人夏敬觀更將蘇軾詞分為二類，謂：『東坡詞……正如天風海濤之曲，中多幽咽怨斷之音，此其上乘也。……』〈八聲甘州〉則可以說正是蘇詞中『天風海濤之曲，中多幽咽怨斷之音』的一首代表作。」引自葉嘉瑩：《名家詞例選說》（臺北市：桂冠圖書公司，2000年2月），頁59。或云夏敬觀說法見於《手批東坡詞》。唯尚未尋見，附記於此。

[34] 葉嘉瑩：《北宋名家詞選講》（北京市：北京大學出版社，2007年1月），頁203。

而不止。其父曰：『吾聞漚鳥皆從汝遊，汝取來，吾玩之。』明日之海上，漚鳥舞而不下也。」[35]之典故，寓意與人交友，單純而沒有機心，李商隱（813-858）〈贈田叟〉：「鷗鳥忘機翻浹洽，交親得路昧平生。」[36]即為此意。《莊子・外篇・天地》云：「有機械者必有機事，有機事者必有機心。」[37]成玄英（608-669）疏：「有機關之器者，必有機動之務：有機動之務者，必有機變之心。」[38]後以「機心」指巧詐之心、機巧功利之心。而忘機之意，即是消除機心，指淡泊寧靜，忘卻世俗煩庸，不在乎利祿與功名，與世無爭。東坡即是參透了潮來潮往的來去有無、超越了被新黨迫害與舊黨排擠的政治算計之心，所有的榮辱得失，已然看透。

　　詞作上半闋以悲感為起，以忘機為收，是結合了悲慨與曠逸的情緒。就寫作與情感變化的順序而言，東坡未讓自己耽溺於無法自拔的低潮，而是在書寫經過幾番起伏攪擾（情之有無、潮之來去、古今俯仰、幾番人事與景物變異）認識與參悟後的超然。

　　然而，在蘇軾的詞作中，難道都是從傷感中提煉出超然

---

35 〔晉〕張湛註：〈黃帝〉，《列子注八卷》，卷二（臺灣世界書局四部要要重印諸子集成本，臺北市：世界書局，1958年）。
36 葛立方：《韻語陽秋》，冊八，卷五百四十一，頁3927。
37 〔清〕王先謙集解：〈外篇・天地第十二〉，《莊子集解》，卷三（臺北市：文津出版社，1988年7月），頁106。
38 〔晉〕郭象注，〔唐〕成玄英疏，〔唐〕陸德明釋文，〔清〕郭慶藩集釋：《莊子集釋》，〈天地〉（臺北市：世界書局，1974年）。〔明〕劉基〈浣溪沙〉詞：「早息機心勞役少，懶聞世事往來疏。清風明月總贏餘。」亦為此意。

的忘懷之情嗎？曠達是東坡詞作的唯一主調嗎？從以下數首東坡詞作中，均可看出東坡在詞作中的幾番心境轉折，即是深具既曠亦悲的書寫模式：

> 明月如霜，好風如水，清景無限。曲港跳魚，圓荷瀉露，寂寞無人見。紞如三鼓，鏗然一葉。黯黯夢雲驚斷。夜茫茫，重尋無處，覺來小園行遍。　　天涯倦客，山中歸路，望斷故園心眼。燕子樓空，佳人何在？空鎖樓中燕。古今如夢，何曾夢覺，但有舊歡新怨。異時對、黃樓夜景，為余浩嘆。(〈永遇樂〉) [39]

美好景致中，蘊藏著一份悲感。為余浩歎是一種哲理的體悟？或是深沉的哀嘆？時代過去之後有另一個時代取代；我今嘆古人、後人又在未來嘆我，無窮無盡……後人復嘆後人。是看清了、點醒了問題？還是決定了一個永遠無解的答案？

> 莫聽穿林打葉聲，何妨吟嘯且徐行。竹杖芒鞋輕勝馬，誰怕？一蓑煙雨任平生。　　料峭春風吹酒醒，微冷，山頭斜照卻相迎。回首向來蕭瑟處，歸去，也無風雨也無晴。(〈定風波‧三月七日，沙湖道中遇雨。雨具先去，同行皆狼狽，余獨不覺。已而遂晴，故作此詞〉) [40]

---

[39] 龍榆生校箋：《東坡樂府箋》，卷一，頁104。
[40] 龍榆生校箋：《東坡樂府箋》，卷二，頁138。

也無風雨也無晴,無疑是人生最從容、是非不動我心的境界。然而,即使是從逆境到順境、復從順境到清醒的微冷,再歸向為寧境,東坡的心靈自是經歷一番洗滌的。一個烏臺詩案的倖存者,貶謫是悲卻也是喜的,前行昂首自在,回首猶有心悸。

> 大江東去,浪淘盡,千古風流人物。故壘西邊,人道是、三國周郎赤壁。亂石崩雲,驚濤裂岸,捲起千堆雪。江山如畫,一時多少豪傑。　遙想公瑾當年,小喬初嫁了,雄姿英發。羽扇綸巾,談笑間,強虜灰飛煙滅。故國神遊,多情應笑我,早生華髮。人生如夢,一尊還酹江月。(〈念奴嬌〉)[41]

人生得失是可以看破的,因之談笑於生死之間,猶然綽有餘裕。歷史豪傑為我們鋪陳著英雄情節,然而,我又完成了什麼事業呢?許國深衷、抱負理想,華髮早生,人生如夢,交錯著或曠或悲的心緒。杯酒灑落於波心明月之中,是悲?還是曠?

> 缺月掛疏桐,漏斷人初靜。誰見幽人獨往來,縹緲孤鴻影。　驚起卻回頭,有恨無人省。揀盡寒枝不肯棲,寂寞沙洲冷。(〈卜算子·黃州定慧院寓居作〉)[42]

---

[41] 龍榆生校箋:《東坡樂府箋》,卷二,頁152。
[42] 龍榆生校箋:《東坡樂府箋》,卷二,頁168。

只有被朝廷從監牢中解脫，才有釋放後的自由；然而，被限制監視的自由不是自由。被驚嚇的孤鳥即是受驚嚇的自我。曠達如東坡，有恨有寂寞。

由上述之例和〈八聲甘州〉合觀，實可見東坡詞所具有開闊變化與悲曠共置的特色，並且這種悲曠雙寫，並非可以單純的「先曠後悲」或「先悲後曠」來看待。此闋〈八聲甘州〉上半闋寫出東坡遠離朝廷黨爭、知杭伴友，屏除機心的超脫，或可視為「先悲後曠」的書寫方式；然而下半闋的轉折，則是深化了東坡與參寥的深摯友誼，以及帶著憂咽怨悱、對北返朝廷未可預知結果的憂感。

縱然有忘機的超然與期許，但現實政治是難以順心所欲的。難以衝破的封建官僚體制，總會有「努力雖可以成就價值，卻未必是自我理想的價值」的遺憾。人世間的事可以看淡，但身在官場是難以有自身選擇權利的。經過在朝廷為官的洗禮，選擇遠離風暴中心到了杭州；有摯友的陪伴，飽覽江南風色，看盡夕陽美景。然而，北歸京師是無法拒絕的詔命，心靈或許可以超脫，但返回朝廷也就意味著即將再次進入難以避免的黨爭漩渦中。而在北歸之前，「記取西湖西畔，正春山好處，空翠煙霏。」難以忘懷的便是此時此際空翠煙霏的江南好景，還有「算詩人相得，如我與君稀。」能算是詩人、知音的你。

何以東坡特別書寫「記取」二字和「如我與君稀」呢？

「記取」兩字是提醒參寥，請不要忘記，在煙花三月、春景正好的西湖之畔，是我們分離的時空場景。這樣的提醒

是真的以為參寥會遺忘嗎？如同〈辛丑十一月十九日既與子由別于鄭州西門之外馬上賦詩一篇寄之〉一詩所說的：「……亦知人生要有別，但恐歲月去飄忽。寒燈相對記疇昔，夜雨何時聽蕭瑟。君知此意不可忘，慎勿苦愛高官職。」[43]人生是無常的，離別時往往更加感傷，二十六年共同生活，終有離別的一天。今日一別，未可知幾年之後方能再見，時間逝去的必然與悲涼，任誰都無法拒絕，只能寄語「寒燈夜雨」的約定。因而「記取」的真正意義，不在於健忘或不健忘，而是一種真摯友情的皈依；換句話說，把你當成我真正的朋友，有真誠的友誼，因而有如約定般的心念。

那麼，在眾多的友情中，又何以參寥的友情是稀有而獨特的？

參寥〈訪彭門太守蘇子瞻學士〉詩云：「邇來旅食寄梁苑，坐歎白日徒虛盈。彭門千里不憚遠，秋風疋馬吾能征。」[44]參寥初見東坡於元豐元年（1078）九月，自杭州前往彭城探訪，此時正是蔡確和張璪醞釀排除舊黨之際。參寥在拜訪東坡之前，在汴京獲知消息，因而「千里不憚遠」到達徐州為東坡報訊；烏臺詩案後被貶謫黃州的東坡，參寥不遠千里，與東坡共居生活條件惡劣的黃州一年；東坡從黃州

---

43 王文誥編：《蘇文忠公詩編註集成》，卷三。
44 釋道潛：《參寥子集》，卷三。2020年8月31日查詢：https://zh.wikisource.org/wiki/%E5%8F%83%E5%AF%A5%E5%AD%90%E9%9B%86_（%E5%9B%9B%E5%BA%AB%E5%85%A8%E6%9B%B8%E6%9C%AC）/%E5%85%A8%E8%A6%BD

量移汝州，路經九江，參寥與之同遊廬山；而東坡二度在杭為官，參寥更常與之在斜陽日暮中觀看錢塘江潮。

　　有東坡的地方，總有參寥的足跡。上述之例，已足以證明兩人的深厚友誼，更可見相得之稀。東坡為此詞之際，必然無法預知後半生尚有南貶惠州、甚至放逐儋州的命運；而參寥不僅千里迢迢遠赴惠州探望東坡，更有隨東坡南航儋州之心意！參寥始終如一的支持，實無愧東坡「相得君稀」知己好友的認識。

　　此外，參寥與東坡唱和詩文甚多。參寥贈詩予東坡近三十首，其中十五首的〈東坡先生挽詞〉[45]更是情感真摯，且為東坡「竟謫江湖去，端居寂寞清。」（其三）的生命情境慨歎不已！而東坡有〈次韻僧潛見贈〉、〈次韻潛師放魚〉、〈送參寥詩〉等詩；〈與參寥子〉二十首書信往來，更可見「相得」情感之深厚。這首哲宗紹聖二年（1095）東坡在惠州的覆信提到：「某啟：專人遠來，辱手書，並示近詩，如獲一笑之樂，數日慰喜忘味也。某到貶所半年，凡百粗遣，更不能細說，……罨糙米飯便吃，便過一生也得。其餘，瘴癘病人……但苦無醫藥，……參寥聞此一笑，當不復憂我也。故人相知者，即以此語之，餘人不足與道也。未會合間，千萬為道自愛。」參寥派專人送函慰問，東坡以幽默的

---

45 釋道潛：《參寥子集》，卷十一。2020年8月31日查詢：https://zh.wikisource.org/wiki/%E5%8F%83%E5%AF%A5%E5%AD%90%E9%9B%86_（%E5%9B%9B%E5%BA%AB%E5%85%A8%E6%9B%B8%E6%9C%AC）/%E5%85%A8%E8%A6%BD

語氣回應,卻也顯出在惠州貶居的困頓之情;然而,獲信讀詩的喜悅,溢於言表。東坡被貶謫的身分,朋友避之惟恐不及,而參寥的問候,正顯現友朋間的流露真情,在政局動盪中益顯可貴。

「記取」是相約的前提。「約他年、東還海道,願謝公雅志莫相違。西州路,不應回首,為我沾衣。」東晉謝安隱居會稽東山,為救蒼生因而出山輔佐國君。淝水一戰打敗前秦苻堅,建立大功。卻因讒言詆毀,晚年離開建康,欲東還海道;然而,最終病逝於建康,無法遂其歸鄉之願。蘇軾以此典故,表達了辭官歸返的「雅志」,亦即期許自己能達成謝安之願望,回到杭州,與參寥相聚。然而,東坡與謝公「東還海道」的「雅志」相同,但謝安卻與雅志「相違」,未能達成心願,因而東坡自然有「雅志莫相違」的期盼;當然,更不希望如同謝安的外甥羊曇,自謝安過世後便行不過西州門,深怕一旦經過便會想起舅父。然而羊曇卻在一次醉酒之後,意外走到西州門,因而悲傷痛泣!東坡此意,實則寄寓了吉凶不可知的未來,只能祝禱此番北行,不會在京城遭難,讓參寥到京城為之哭泣。

既是有情,便不應無情。「不應回首,為我沾衣。」是否是東坡的杞人憂天呢?

一般來說,「如願以償」是志向與願望得以實現,是正向的期許;東坡卻是對參寥傾吐:希望不要發生和羊曇一樣有「西州路,為我沾衣。」悲哀的結果與遺憾!那麼,是否可以說,不應為我而哭泣的意義,實則即是已想到為我哭泣

的場景?可見東坡對於前途是憂懼的,心情是傷感的。此種傷懷,不僅為己,亦是為朋友。更深刻來看,既然世事無常,自然要承認現實,承擔現實;數年間離京、守杭、復又離杭,北返已是無可改變的詔命,而無常已成為一種存在的事實,那麼無常也就變成了有常。既然無常即是有常,便應不以物喜,不以己悲。因此「不應回首,為我沾衣。」或許又有了另一種的解讀:不應為我沾衣,即便終究是相違雅志的無常,亦請好友不必為我而泣淚,哭笑悲喜,即是人生。

那麼,究竟東坡此詞是以超脫寬懷為結?或是寄寓悲慨落空的憂恐情愫?

回到詞作開頭來看,雖然以「有情風」為起,然而,有情的不是風、不是潮水、不是斜暉,而是在這片風景中寄贈深情給相知朋友的詞人本身。因為有情,生命中的場景便有不同的溫度,悲亦是情,曠亦是情,寄懷是情,慰藉自然也是情。

誠然,從有情風送潮來、無情風送潮歸,再到俯仰古今、白首忘機,是東坡的生命感悟,亦是生存的睿智。看似相反的情境,卻不是矛盾的對立;看似簡單的實景呈現,卻有深邃的內涵。

隨風來去之潮水,亦即長空白雲隨風舒卷;江口對景,所見為今卻發為思古之情,便有韶華易逝,滄桑之感喟。彷彿心情失落在觀潮凝望之際,猶疑在無可避免的愁苦意蘊中。然而,或如白雲守端禪師(1025-1072)的〈一拳拳倒黃鶴樓〉詩所說:

一拳拳倒黃鶴樓,一踢踢翻鸚鵡洲。有意氣時添意氣,不風流處也風流。[46]

所具有的意義,宛如一個江岸佇立的巨人,以排山倒海之勢,消去胸中的俗心雜念,清除認識自性的障礙,以飽滿之意氣,或者以靜觀凝視、風雨不動,或者拳打腳踢、當頭棒喝,憑藉不風流而風流,直到領悟。那麼,東坡佇立於錢塘以觀潮、面對斜陽殘照以發抒的海潮天風之歌,從前後俯仰的蒼涼之喟,蛻變與昇華為忘機的心物無礙之感,便如前詩之境,是從塵垢中抽離,脫落時空的超然之韻了。

從凝望憂情到忘懷機心,這種轉變是源於東坡自身的修養所致?抑或是對而觀之,則天地曾不能以一瞬;「自其不變者而觀之,則物與我皆無盡也,而又何羨乎?」哲思的體悟實踐?這種超越的通觀,正可以從苦難傷感、悲歡得失中抽離。即便是如此,無論如何,終究有一個不可遺忘的元素,便是與「參寥」的相得之情。錢塘風潮,實亦有參寥的參與,始讓人難以忘懷;此番北歸,別離風物更是別離故人;而忘機之超脫,更是因有不存機心、坦誠無私的好友參寥。

只是,現實終究是殘酷的。即使有不摻雜機心的淡然,友情在分別的情境中被離愁化,更由於無可忘卻的許國深衷,讓東坡看似已開悟坦然的心境再次起伏跌宕:和前文談

---

[46] 白雲守端禪師之詩轉引自李杏邨:《禪境與詩情》一書,〈白雲千載空悠悠〉(臺北市:東大圖書公司,1994年10月),頁200。

及〈永遇樂〉的「寂寞無人見」／「望斷故園心眼」／「為余浩嘆」、〈定風波〉的「微冷」、〈念奴嬌〉的「早生華髮」／「人生如夢，一尊還酹江月」、〈卜算子〉的「縹緲孤鴻影」／「有恨無人省」／「寂寞沙洲冷」並置共看，「為我沾衣」彷若悲鳴的深沉痛感，更使人動容。也許白首忘機、超然達觀的東坡復又陷入無法放開的幽微情致，然而，「雅志莫相違」或許才是詞作真正要表達與凸顯的主旨，更可見東坡以生命實感書寫的態度。那麼，陳廷焯（1853-1892）《白雨齋詞話》「寄伊鬱於豪宕，坡老所以為高。」[47]的說法，實是對此闋詞最好的評論。

四　結語

　　一個是深具文字禪的東坡，一個是出家師父，似乎應該要灑脫曠達，才是理解生命的真諦，因而生命遭際的跌宕起伏，應當保持一顆平常之心。然而，畢竟得情忘情，不為情緒所動，不為情感所擾，是在苦悶中嘗盡憂患、並從苦難的深淵中掙脫昇華，以獲得心靈的淨化。忘機難而忘情更難，東坡與參寥既非是緣覺、聲聞等出世間的聖人，自然猶是有情之屬、有情眾生（梵語：सत्त्व sattva）。金‧王若虛（1174-1243）《滹南遺老集‧詩話》評東坡詞云：「嗚呼！風韻如

---

47 陳廷焯：《白雨齋詞話》，卷八，第一〇四「東坡八聲甘州」條。2020年8月31日查詢：https://ctext.org/wiki.pl?if=gb&chapter=910607。

東坡，而謂不及於情可乎！」[48]更是肯定東坡詞中所深具的情致。

　　葉嘉瑩說：「表面雖然似乎是只寫風潮之來去，而卻在暗中隱寓了許多人世間之盛衰離合的無常之悲慨。」[49]回到前言所說，東坡體察人生，靜納萬象，出以至味；趙翼稱許蘇軾詩歌有「心地空明，自然流出。」之妙。這闋〈八聲甘州〉靜觀萬物變化，鋪陳時空變異，更據以言說其獨特的人生境遇，表現主體意識，這是東坡的自我而非一般詞人表達的抒情共我，並且表現出抉擇、掙扎，伴隨曠懷忘機與憂恐傷感的真情，便能「出以至味」；而其對參寥的知惜友誼，更是「自然流出」，有別於花間範式。

　　天風海濤的來去，可以在人間盛衰與政局變異中被看透；霞暉中的登覽與凝望，可以凝融時空中的滄桑往事；白首忘機的悠然，自是超曠放逸的生命境界；詩人君稀的相得肯認與雅志之約，更是觸動人心的友誼品質；只是，死生離別的憂懷與恐懼，彷彿以一種難以言說的孤獨面容，展示在我們面前。

---

48 王若虛：《滹南遺老集》，景上海涵芬樓藏舊鈔本，卷三十九，〈詩話〉，「晁無咎云眉山公之詞」條。2020年8月31日查詢：https://zh.wikisource.org/wiki/%E6%BB%B9%E5%8D%97%E9%81%BA%E8%80%81%E9%9B%86_（%E5%9B%9B%E9%83%A8%E5%8F%A2%E5%88%8A%E6%9C%AC）/%E5%8D%B7%E7%AC%AC%E4%B8%89%E5%8D%81%E4%B9%9D

49 葉嘉瑩：《名篇詞例選說》（臺北市：桂冠圖書公司，2000年2月），頁60。

而我們從中獲得的訊息,難道不也是如同黃檗禪師對弟子示法,不問情由地給予當頭一棒或者大喝一聲的清醒?[50]抑或是猶如被灌輸智慧、讓人透澈醒悟的醍醐之飲嗎?[51]正是「東坡與參寥在人生歷程中的契合與邂逅,如同當頭棒喝,在這人情薄弱的時代,總該給我們些許啟示,如同一盅醍醐之飲。」[52]更慶幸的是,這闋詞是東坡寄贈參寥,自是兩位詩人的人生對話;東坡藉由文字將情懷釋放與消解,想必詩人相知的參寥是最能理悟的。

　　困蹇人生中飽含的情愫,念茲在茲的歸鄉雅志,即是〈八聲甘州〉這首文學創作與生命經驗密切呼應的顯現;不僅具體展現生命經歷,更透顯生命體悟。在生命低潮中淬鍊而來的文字,顯得深刻而有智慧;同時,間接透露官場無情、風聲鶴唳的詭譎世局。

　　而關於友情的元素,更在別離的意味中,以最深層的姿態與慧見得到激發,猶如在塵俗中開啟人間最美善的價值,值得思索品味。

---

50 〔宋〕釋普濟《五燈會元・黃檗運禪師法嗣・臨濟義玄禪師》云:「上堂,僧問:『如何是佛法大意?』師豎起拂子,僧便喝,師便打。」

51 《大般涅槃經・聖行品》言:「從佛出生十二部經,從十二部經出修多羅,從修多羅出方等經,從方等經出般若波羅蜜,從般若波羅蜜出大涅槃,猶如醍醐。言醍醐者,喻於佛性。」《敦煌變文集・維摩詰經講經文》中亦云:「聞名之如露入心,共語似醍醐灌頂。」醍醐的特性,在佛教中常被用來比喻佛性。

52 王隆升:〈傾訴與聆聽——試論東坡與參寥的情誼〉,《歷史月刊》2001年7月號,頁42。

——原刊於《國文天地》第40卷第2期（2024年7月），頁109-122。

文學研究叢書・古典詩學叢刊 0804Z06

浮雲世事改，孤月此心明
——蘇軾詩詞論文集

作　　者	王隆升
責任編輯	黃筠軒
特約校稿	林秋芬
發 行 人	林慶彰
總 經 理	梁錦興
總 編 輯	張晏瑞
編 輯 所	萬卷樓圖書股份有限公司

臺北市羅斯福路二段 41 號 6 樓之 3
電話 (02)23216565
傳真 (02)23218698

發　　行　萬卷樓圖書股份有限公司
臺北市羅斯福路二段 41 號 6 樓之 3
電話 (02)23216565
傳真 (02)23218698
電郵 SERVICE@WANJUAN.COM.TW

香港經銷
香港聯合書刊物流有限公司
電話 (852)21502100
傳真 (852)23560735

ISBN 978-626-386-273-9
2025 年 8 月初版
定價：新臺幣 280 元

如何購買本書：
1. 轉帳購書，請透過以下帳戶
   合作金庫銀行 古亭分行
   戶名：萬卷樓圖書股份有限公司
   帳號：0877717092596
2. 網路購書，請透過萬卷樓網站
   網址 WWW.WANJUAN.COM.TW
大量購書，請直接聯繫，將有專人
為您服務。(02)23216565 分機 610

如有缺頁、破損或裝訂錯誤，請寄
回更換

版權所有・翻印必究
Copyright©2025 by WanJuanLou Books
CO., Ltd. All Rights Reserved
Printed in Taiwan

國家圖書館出版品預行編目資料

浮雲世事改,孤月此心明 ：蘇軾詩詞論文集/王隆升著. -- 初版. -- 臺北市：萬卷樓圖書股份有限公司, 2025.08
　　面；　公分. -- (文學研究叢書. 古典詩學叢刊 ; 0804Z06)
ISBN 978-626-386-273-9(平裝)
1.CST: (宋)蘇軾 2.CST: 詩詞 3.CST: 詩評 4.CST: 詞論 5.CST: 宋代

851.4516　　　　　　　　114006799